A verdadeira
história da
VIRGEM
MARIA

JOÃO CARLOS ALMEIDA

A verdadeira história da
VIRGEM MARIA

Planeta

Copyright © João Carlos Almeida, 2020
Copyright © Editora Planeta do Brasil, 2020
Copyright das imagens da *Madonna della Strada* © Chiesa del Gesù
Todos os direitos reservados.

Preparação: Thiago Fraga
Revisão: Nine Editorial
Diagramação: Márcia Matos
Capa: Departamento de criação da Editora Planeta do Brasil
Imagem de capa: Rijksmuseum

Dados Internacionais de Catalogação na Publicação (CIP)
Angélica Ilacqua CRB-8/7057

Almeida, João Carlos
    A verdadeira história da Virgem Maria / João Carlos Almeida. – São Paulo: Editora Planeta do Brasil, 2020.
    208 p.

ISBN 978-65-5535-026-5

1. Maria, Virgem, Santa - Romance histórico I. Título

20-1802 CDD 232.91

Índices para catálogo sistemático:
1. Virgem Maria - Romance histórico

2020
Todos os direitos desta edição reservados à
EDITORA PLANETA DO BRASIL LTDA.
Rua Bela Cintra, 986, 4º andar – Consolação
São Paulo – SP – 01415-002
www.planetadelivros.com.br
faleconosco@editoraplaneta.com.br

Quem é esta que avança como a aurora?
(Cântico dos Cânticos 6, 10)

SUMÁRIO

1. O ENIGMA DA IMAGEM 9
2. A ORIGEM DA MENINA DE NAZARÉ 17
3. NA MORADA DE JOSÉ 23
4. A CONVERSA COM O ANJO 27
5. A PRIMA ISABEL 33
6. O DRAMA DE JOSÉ 41
7. NOITE FELIZ: O MENINO NASCEU 45
8. A INFÂNCIA DO MENINO-DEUS 51
9. UM GRANDE SUSTO 63
10. O FILHO PARTE EM MISSÃO 69
11. MÃE DO FAMOSO MESTRE DA GALILEIA 77
12. MÃE DE UM PROFETA ATREVIDO 81
13. MÃE DE UM HOMEM PERSEGUIDO 87
14. MÃE DE UM DEUS CONDENADO 91
15. O NOVO FILHO JOÃO 95
16. BOAS NOTÍCIAS 99
17. O DIA DO FOGO 103

18 A VIDA EM JERUSALÉM............................107

19 ÚLTIMOS DIAS EM ÉFESO 113

20 A MÃE DE DEUS 119

21 MEMÓRIAS CULTIVADAS............................123

22 A VIRGEM DE GUADALUPE 129

23 NOSSA SENHORA APARECIDA......................135

24 NOSSA SENHORA DAS GRAÇAS....................139

25 LÁGRIMAS DE MÃE: LA SALETTE 143

26 A IMACULADA CONCEIÇÃO.........................151

27 NOSSA SENHORA DE LOURDES 155

28 O SEGREDO DE FÁTIMA.............................159

29 UM PAPA NO COLO DA MÃE........................167

30 DE VOLTA AO ENIGMA DA IMAGEM.................181

NOTÍCIA HISTÓRICA...................................187

FONTES..189

20 PRECES MARIANAS 198

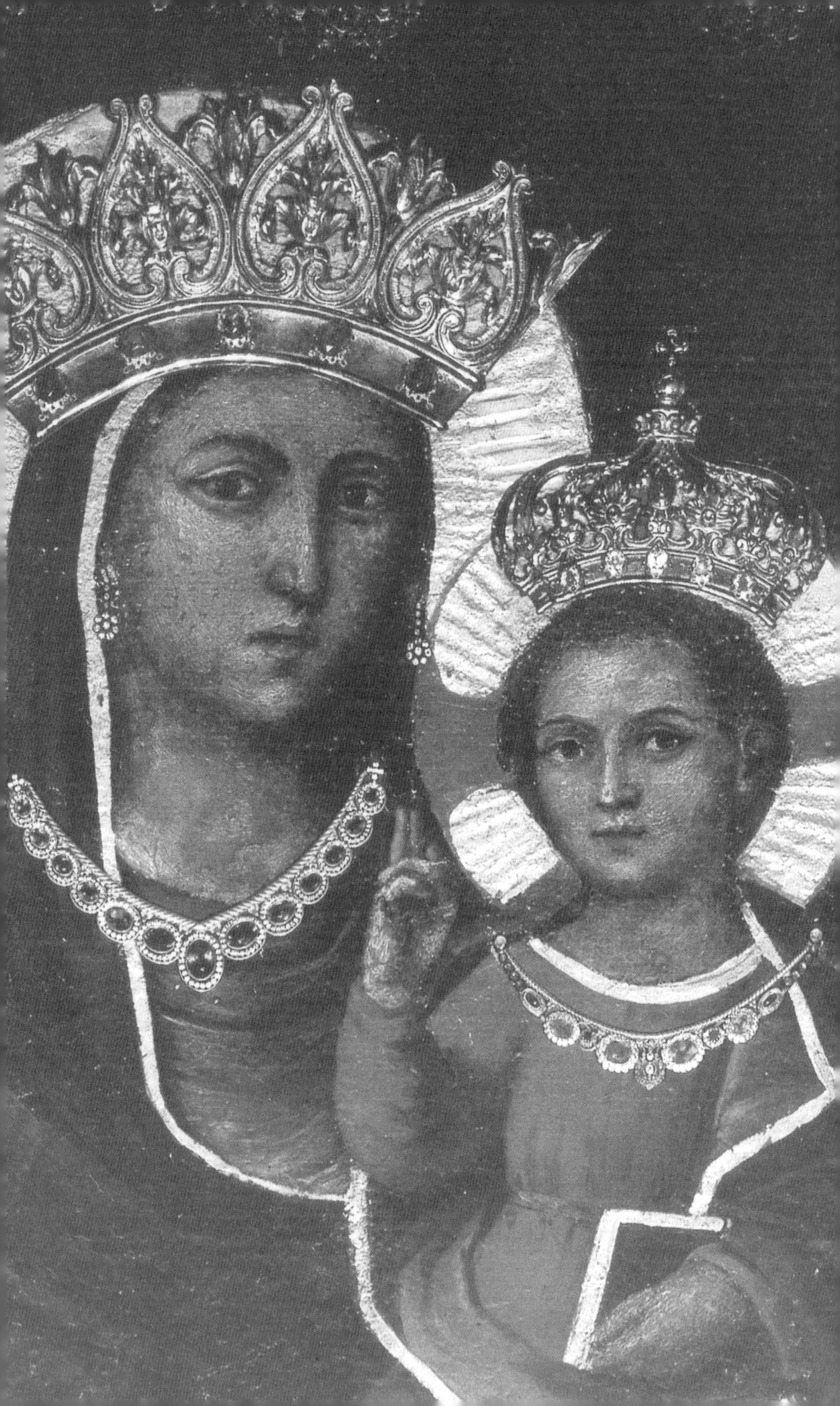

Capítulo 1

O ENIGMA DA IMAGEM

Junho de 2005. Chego a Roma para passar um ano de estudos em uma das maiores universidades católicas do mundo: a Gregoriana, verdadeiro santuário jesuíta do saber. No ar ainda se podia sentir a saudade do Papa João Paulo II, falecido pouco antes, no dia 2 de abril daquele ano, após vinte e seis anos exercendo sua missão de pastor da humanidade. Em seu sepultamento, o povo gritava na Praça São Pedro: *Santo Subito* ("Que seja canonizado imediatamente"). Foi o terceiro pontificado mais longo da história; menor em relação ao do apóstolo Pedro e ao do Papa Pio IX, que permaneceu pontífice por trinta e dois anos. João Paulo II começava sua missão exatamente cem anos após a morte de Pio IX e assumiu como lema uma verdadeira consagração mariana: *Totus tuus Mariae* (Todo teu, Maria!).

Agora o mundo tentava se acostumar com um papa tímido que não tinha nada do carisma popular do seu predecessor, mas que era um vulcão de sabedoria teológica. O cardeal alemão Joseph Aloisius Ratzinger foi eleito no dia

19 de abril em um dos conclaves mais rápidos da história, em apenas vinte e duas horas. A fumaça branca, que anuncia a eleição do novo papa, invadiu o céu de Roma às 17h50: *Habemus Papam*. O mundo o conheceria pelo nome de Bento XVI.

Enquanto eu aprendia as primeiras frases completas em italiano, aproveitava para conhecer um pouco daquele verdadeiro museu a céu aberto que é Roma. Naquela manhã acordei bem cedo e cheguei antes de todos à capela do nosso Colégio Internacional, onde vivia com mais de cinquenta sacerdotes do Sagrado Coração de Jesus, conhecidos como dehonianos, devido ao seu fundador, o francês Léon Dehon (1843-1925). Após a costumeira oração matinal e missa, fiz um rápido café da manhã ao tradicional modo italiano: *cornetto* e *cappuccino*, que nada mais é do que um *croissant* e uma xícara de café com leite. Estava especialmente ansioso naquele dia, pois deveria me apresentar na universidade para fazer a entrevista de ingresso no doutorado em Teologia Espiritual. Havia treinado o que deveria dizer em italiano ao decano do Instituto de Espiritualidade. Era meu primeiro voo solitário fora da terra natal. Desci a colina do Colégio Internacional, andei alguns metros na avenida Leão XIII e aguardei o ônibus 916 na praça Pio XI. Tudo era muito novo para mim. O ônibus desceu a avenida Gregório VII e, em minutos, colocou-me perante a famosa cúpula da Basílica do Vaticano. Meu coração batia um pouco mais rápido. Eu estava exatamente no coração da Igreja. Entramos na avenida Vittorio Emanuele e chegamos, por fim, à Praça Argentina. Nada daquilo fazia muito sentido. Os nomes das avenidas eram estranhos e eu não conseguia compreender por que deixar aquelas colunas e ruínas sem nenhum tipo de restauração, habitadas por uma legião de gatos. Não podia imaginar que ali permanecia respirando um dos núcleos urbanos mais importantes da Roma Antiga. Não conseguia perceber o lugar, bem ao lado, onde teria sido o Senado Romano em cujas escadarias, cem anos antes de Cristo, foi apunhalado e morto o imperador Júlio César, traído pelos senadores e até por seu filho Marcus Brutus. Os conhecedores desses fatos ainda hoje parecem ouvir o grito do imperador: "Até tu Brutus, meu filho?!". Clamores de sangue jamais se calam. Séculos de história permaneciam ali, a céu aberto, para quem tivesse olhos para ver. Quem preserva a memória promove a história.

Dez minutos de caminhada e chegaria à Universidade Gregoriana. Porém, tinha algum tempo antes da minha entrevista. Foi então que algo incrível aconteceu. Roma tem uma igreja em cada esquina. Dificilmente conseguimos entrar em todas. Cada uma delas, por sua vez, tem seus segredos e seus mistérios. Aquela era apenas mais uma dentre milhares. Nada diferente por fora, mas senti um impulso para entrar e fazer um breve momento de oração. Não podia imaginar que estava diante de quinhentos anos de história da Companhia de Jesus, os jesuítas. Ali é possível visitar o quarto onde Santo Inácio de Loyola passou os últimos doze anos de sua vida escrevendo a *Regra de Vida* e uma imensa quantidade de cartas. Naquele lugar morreu, em 31 de julho de 1556; e é naquela igreja que continua sepultado. Por aqueles anos, mais exatamente em 1563, o jesuíta José de Anchieta escreveria nas areias de uma praia brasileira o seu famoso "Poema à Virgem Maria".

Ao entrar na *Chiesa del Gesù* fiquei deslumbrado com tamanha beleza de pinturas e afrescos. Um velho sacerdote fazia plantão no confessionário, sempre com uma pequena fila de penitentes. O silêncio misturava a piedade dos devotos com a curiosidade dos turistas. Naquele momento eu era a mistura dos dois. Passei sem pressa diante de cada altar lateral e fui contemplando o martírio de Santo André, o Calvário, a paixão de Cristo, sete arcanjos adorando a Santíssima Trindade, a Sagrada Família e outros. Cheguei ao altar de São Francisco Xavier, cofundador da Companhia de Jesus e conhecido como "Apóstolo do Oriente", por sua intensa atividade em países como o Japão. Contemplei o relicário com os ossos de sua mão. Dizem que foi o missionário que mais batizou pessoas desde o apóstolo Paulo. Dei três passos e já estava na capela do Sagrado Coração de Jesus. Mil coisas passavam pela minha cabeça. Como sacerdote do Sagrado Coração, aquele lugar era muito importante para mim. No entanto algo ainda mais incrível me esperava.

Parei diante da imensa imagem do Sagrado Coração, exposta apenas no mês de junho, no altar central, dedicado ao Santíssimo Nome de Jesus. Fiz piedosamente a minha prece. No lado esquerdo do altar visitei o túmulo de Santo Inácio de Loyola. Um turista ao lado sussurrou em meus ouvidos, em italiano, que detrás daquele quadro existe uma imponente imagem do santo... mas que é exposta apenas uma vez por ano, no dia de sua festa. Foi então que entrei em uma capelinha discreta, ao lado. Logo me chamou a atenção um belíssimo ícone de Maria com o Menino Jesus nos braços. Não entendi muito bem o forte esquema de segurança com vidros à prova de bala, sistema de detecção de movimentos a laser, câmeras e outros. Ao meu lado um devoto me disse que aquela era a padroeira dos peregrinos, dos que estão na estrada, a caminho. Portanto, era a minha padroeira, um padre brasileiro em busca do sonho de um doutorado em Roma, no coração da Igreja. Depois fiquei sabendo que, em 2003, ela havia sido declarada oficialmente padroeira dos responsáveis pela limpeza urbana de Roma: os *Netturbini romani*.

A beleza exterior daquela imagem me deixou perplexo, encantado. O olhar sereno, as cores fortes e os adornos de joias raras me deixaram impressionado. Uma belíssima coroa de ouro na Virgem e outra no Menino, brincos de brilhante e mil detalhes nobres me faziam timidamente repetir a prece aprendida na infância: "Salve, Rainha, Mãe de Misericórdia, vida, doçura, esperança nossa, salve!".

Minha piedade foi interrompida pelo relógio que apontava para o horário da entrevista. Apressei o passo e deixei um pedaço do meu coração naquela capela dedicada à *Madonna della Strada*.

Fui aceito no doutorado e, a partir daquele dia, o percurso tornou-se rotineiro. Sempre que possível, passava pela capela da minha "Madrinha" para fazer uma prece de peregrino devoto. Acabei conhecendo o velho sacristão daquela igreja, que me revelou detalhes curiosos da imagem. Era do tempo de Santo Inácio. Antigamente, naquele lugar, havia uma pequena capela da família Astalli. Sua origem se perdia no tempo e, segundo alguns historiadores, poderia remontar ao século 5. Sua posição era estratégica: ficava na encruzilhada de várias estradas que levavam peregrinos de todos os lugares do mundo a Roma para receber a bênção do papa. O afresco de Maria, feito em gesso, poderia ser dos séculos 13 ou 14. Estava na parede externa da igreja e saudava os romeiros que chegavam. Por isso, ficou conhecida como *Madonna della Strada*: Nossa Senhora da Estrada. Essa igreja foi confiada a Santo Inácio pelo Papa Paulo III, em 1540. Ali os primeiros padres jesuítas celebravam e davam catequese. É o berço dessa grande congregação religiosa. No final de 1550, Inácio resolveu construir uma imensa igreja naquele lugar. Uma série de dificuldades sempre impediu o avanço da obra. Em 1554, o projeto chegou a ser confiado a Michelangelo, mas apenas em 1568, doze anos após a morte de Inácio de Loyola, foi realmente colocada a primeira pedra do que seria a *Chiesa del Gesù*. Em 1575, o afresco da *Madonna della Strada* foi transferido para o interno da igreja, na capela em que o conheci. Naquele lugar os antigos jesuítas costumavam professar seus votos religiosos.

Visitar a capela da *Madonna della Strada* tornou-se uma devoção pessoal muito forte. Fui deixando de lado a curiosidade histórica e artística e chegando ao coração da Menina de Nazaré, que sempre aponta para seu Filho, a verdadeira "estrada" que nos leva para a verdade e para a vida.

Entramos no ano de 2006 e a devoção foi ficando cada vez mais intensa. Mas um dia, ao chegar à mesma igreja para fazer minha costumeira prece, fui surpreendido por um imenso vazio. O vidro estava aberto e todo o sistema de segurança desligado. Meu coração quase saiu pela boca. A primeira coisa em que pensei foi em roubo de arte sacra. Corri para a sacristia e encontrei o paciente sacristão cumprindo calmamente sua rotina. Quase não conseguia articular bem o meu tosco italiano de principiante: "*Cosa è successo?*" (O que aconteceu?). Ele respondeu: "Calma, padre. Levaram o ícone da *Madonna della Strada* para a restauração. Acabaram de restaurar o antigo crucifixo e agora chegou a vez da imagem da Virgem".

Senti-me órfão. A capela vazia provocava certa dor em minha alma. Quanto tempo iria demorar a restauração? Ninguém sabia ao certo. O que haveria para restaurar em uma arte tão bela? Aos poucos fui ficando refeito do susto inicial e comecei a rezar diante do altar vazio. Toda ausência é uma forma de presença.

Não sei ao certo quanto tempo permaneci ali. Um misto de êxtase, sono e distração tomou conta de mim. Mil perguntas povoavam meu pensamento. Tentava decifrar o enigma da imagem. Como afluentes de um grande rio, todas as perguntas se uniam em coro a uma só questão: "Qual seria a verdadeira história da Virgem Maria?". Meu pensamento sobrevoou dois mil anos. Quem seria aquela frágil menina que, com uma palavra, foi capaz de mudar o mundo? Uma voz suave de mãe começou, então, a sussurrar nos porões de minha alma. Iniciei um minuto eterno de contemplação... como havia aprendido com Santo Inácio de Loyola.

Capítulo 2

A ORIGEM DA MENINA DE NAZARÉ

Meu filho!

    Quero lhe contar um pouco da minha verdadeira história. Tudo começou cerca de quinze anos antes do nascimento de Jesus. Mas não terminou setenta anos mais tarde. Para Deus, todos estão vivos. Não existem mortos. Existe apenas uma passagem da terra para o céu. São duas realidades mais próximas do que muitos podem imaginar. Desde que o Verbo tocou minha carne, naquele dia em Nazaré, o mundo todo ficou grávido de Deus. O céu começou a passear pelos caminhos da história. Foi tão lindo acompanhar isso desde o primeiro instante em que respondi ao anjo a palavra mais importante e definitiva da minha vida: "Sim"... "Faça-se em mim". Começou uma Nova Criação, um novo tempo, uma verdadeira plenitude! O Verbo se fez carne e armou em mim a sua tenda. Desde aquele começo, me senti a morada dessa Palavra Viva. O Filho Deus foi gerado em meu ventre por obra e graça do Espírito Santo. Sentia crescer em mim o Deus Conosco, o Salvador da humanidade. Cada fase da gravidez e, depois, da vida, era uma nova descoberta.

    Minha verdadeira história tem, portanto, mais de dois mil anos. Começa na terra e continua no céu. Na terra fui mãe e serva, discípula e missionária. No céu sou ânimo e intercessora para os caminheiros dessa vida. A mãe nunca se esquece do filho e, enquanto se lembra, reza! Finalmente, Deus quis que eu inspirasse diversas experiências religiosas para converter meus filhos. O céu parecia novamente tocar a terra em Guadalupe e Aparecida, Paris e La Salette, em Lourdes e em Fátima. Simples crianças se tornaram mestres para a humanidade dividida entre tantas discórdias, conflitos e guerras. A elas Deus revelou grandes segredos que o mundo precisava conhecer para se converter. Escute atento, meu filho, as lições de uma vida repleta de histórias.

***

Meu pai se chamava Joaquim. Era um judeu piedoso, descendente da Tribo de Judá e muito bem de vida. Casou-se com minha mãe, Ana, filha de Acar, quando ela tinha 20 anos. Mas uma coisa terrível aconteceu. Ela já estava com 40 anos e eles ainda não haviam tido a graça de um filho. Minha mãe passou a ser considerada pela vizinhança uma mulher estéril, que naquele tempo significava se tratar de alguém sem a bênção de Deus. Isso provocava grande tristeza na casa de meus pais. Tanto é verdade que, certa ocasião, meu pai foi ao Templo para apresentar sua oferenda e o sacerdote Rubem lhe disse que não poderia ser o primeiro da fila, pois não tinha filhos. Ele ficou muito envergonhado.

Começou uma verdadeira crise na casa de meus pais. Meu pai preferiu se afastar temporariamente de minha mãe e ir morar no deserto onde fazia penitência. Ficou por lá quarenta dias em profunda oração, sem comer nem beber. A oração era o seu alimento. Tomou o firme propósito de não voltar para casa enquanto Deus não manifestasse a ele seu propósito com toda aquela situação.

Em casa, minha mãe chorava e sentia saudade de seu amado. Imaginando os perigos do deserto, ela sentia que algo poderia acontecer a meu pai e ela nunca mais o encontrar. Esses pesadelos deixavam-na muito perturbada. Passaram-se meses e ela não tinha sequer notícias. Aos poucos o pranto foi se transformando em prece. Tudo era motivo de oração. Certo dia, ao avistar um ninho de passarinhos com seus filhotes, ela pediu a Deus o dom de gerar uma criança no seu ventre. Prometeu consagrá-la no Templo. Era uma promessa muito radical, pois teria de ser cumprida entregando o filho ou a filha para ser educado no Templo. Após essa oração e promessa, um anjo lhe apareceu e disse que Deus ouvira o seu clamor e que ela daria à luz uma criança da qual o mundo todo, em todos os tempos, ouviria falar, de geração em geração. O mesmo anjo visitou meu pai no deserto e lhe revelou a promessa da gravidez. Hoje sei que a graça de Deus se antecipou às preces de minha mãe e aos sacrifícios de meu pai. Quando ele saiu para o deserto, ela já estava grávida, mas os dois não sabiam.

Hoje entendo a maravilha do momento em que fui concebida pela união fecunda e santa de meus pais. "Por singular graça e privilégio de Deus onipotente" aquele momento teve especial atenção dos céus e fui preservada da mancha do pecado original. Não era um simples privilégio.

Aos poucos entenderia que Deus estava me preparando para estar completamente livre no momento em que teria que dar minha resposta ao anjo. Deveria ter o coração sem amarras para poder desamarrar com meu "sim" o nó que Eva amarrou com seu "não". A desobediência de Adão seria superada pela obediência de meu Filho. O amor tem seus mistérios. Só se entende o amor amando. Meus pais eram puro amor. Cada dia agradeço as lições aprendidas no colo de minha mãe, Ana, e de meu pai, Joaquim.

Após todos esses fatos, meu pai voltou ao Templo para agradecer e apresentar sua oferenda. Completou-se o tempo e minha mãe deu à luz. Logo que nasci ela perguntou à parteira se era menino ou menina. Ela respondeu: "Uma filha!". Foi imensa a felicidade de meus pais. Eles cumpriram o que está prescrito na lei e, após o tempo de purificação pelo parto, minha mãe começou a me amamentar e eles escolheram para mim o nome de "Maria". Meu aniversário é celebrado todos os anos, desde os tempos mais remotos, no dia 8 de setembro.

Minha mãe me contou que eu era uma criança bem forte. Aos seis meses dei os primeiros sete passos e corri para o colo dela. Sabendo que eu poderia me machucar se saísse correndo pelas ruas, minha mãe tomava todo cuidado. Fez do meu quarto um pequeno santuário. Ela sabia que chegaria a hora em que deveria cumprir sua promessa de me entregar no Templo. A saudade já invadia o seu coração, mas ela precisava ser fiel ao que prometera a Deus. Sabia que aquela filha teria uma missão especial e era preciso seguir os desígnios do Senhor.

Meu aniversário de 1 ano foi uma grande festa. Meu pai convidou sacerdotes, escribas, o conselho dos anciãos e todo o povo da região. Os sacerdotes me abençoaram dizendo: "Ó Deus de nossos pais, abençoai esta criança e dai-lhe um nome glorioso e eterno por todas as gerações". O povo respondeu em coro: "Amém". O chefe dos sacerdotes me pegou nos braços e proclamou: "Ó Deus Altíssimo, lançai o vosso olhar sobre esta menina e concedei-lhe a maior de todas as bênçãos, além da qual não haja outra". Em seguida, minha mãe me levou para o meu quarto-santuário para me amamentar e adormeci calmamente. Ela ficou ao meu lado feliz em oração. A festa lá fora não tinha hora para acabar.

O tempo passou muito rápido e logo completei 2 anos. Meu pai já queria levar-me ao Templo para cumprir a promessa, no entanto minha mãe o convenceu de esperar ainda mais um ano. E assim aconteceu.

Quando completei 3 anos de idade, o coração de minha mãe estava apertado, mas sabia que era preciso cumprir a promessa. Convidaram algumas amigas que haviam cuidado de mim e foram até o Templo. Ao chegar, subi rapidamente os quinze degraus. Meus pais me entregaram ao sacerdote, que me apresentou a Deus como uma oferenda. Em resposta, dizem que fiz uma graça dançando para as pessoas. Meus pais voltaram para casa sentindo a dor da ausência da filha querida, mas com a certeza de que haviam cumprido a promessa.

Permaneci nove anos no Templo, dos 3 aos 12. Foi um período de muitos aprendizados. Logo que cresci um pouco acordava bem cedo e dedicava um tempo à oração. Depois era hora do trabalho, em geral tecelagem. Na parte da tarde era novamente um tempo de oração. Claro que havia alguns intervalos em que algum "anjo" me trazia algo para comer. Rezava e trabalhava. A oração era uma escola que me alfabetizava e ensinava tudo o que futuramente poderia ensinar para meu filho. Ainda encontrava espaço para distribuir alimento aos pobres que procuravam o Templo com suas necessidades. Tornou-se muito comum para mim ouvir a voz do anjo interior. Ele me contava os segredos do céu. O silêncio e a sintonia tornaram-se habituais. Não eram espaços de solidão, pois sentia o céu inteiro rezando comigo. Rezava pelos doentes e percebia que se sentiam bem melhor. Aprendi a amar todos os pobres dessa terra. Mal poderia imaginar que meu filho um dia se identificaria com eles. Mistérios...

Capítulo 3

NA MORADA DE JOSÉ

À medida que fui crescendo como consagrada a Deus, atraía muitos pretendentes. Naquele tempo era normal ser prometida em casamento na infância ou na adolescência. Um sacerdote chamado Abiatar chegou a oferecer inúmeros presentes ao Sumo Sacerdote para que eu fosse entregue como esposa a seu filho, mas eu sentia em meu coração que devia manter a castidade. De alguma forma sabia que minha virgindade era muito preciosa aos olhos de Deus. Cada vez mais vivia uma consagração total. Não foi fácil para mim, naquele tempo em que a mulher era pouco valorizada, discutir com os sacerdotes e manter a opção sincera do meu coração.

Assim que completei 12 anos, já era considerada uma mulher em fase adulta. Os sacerdotes resolveram respeitar meu voto de castidade, mas havia um problema. Segundo o costume, as meninas consagradas deveriam deixar o Templo antes da primeira menstruação. Por isso, procuravam um homem de bem que me aceitasse até chegar o tempo do casamento. A notícia se espalhou por toda a Israel. Solteiros e anciãos foram ao Templo. O escolhido receberia um sinal da parte de Deus. Cada um trazia um cajado que foi entregue ao Sumo Sacerdote, que, por sua vez, o colocou no Santo dos Santos, o lugar mais sagrado do Templo. Na manhã seguinte, todos voltaram para ver o resultado. O sinal apontou para o cajado de José, homem maduro, natural de Belém, viúvo e pai de seis filhos. Seu cajado havia se transformado em um lírio. Naquele momento percebi que uma pomba sobrevoava o lugar sagrado. Entendi que aquele era o homem escolhido por Deus para minha vida. Era o começo de uma dramática história de amor.

Curiosamente, o próprio José estava em dúvida se deveria ou não aceitar aquela menina em sua casa. Achava que não tinha mais idade para um novo relacionamento. Ainda não entendia muito bem os insondáveis caminhos de Deus. Pensava até que seria motivo de riso para a vizinhança. Mas o sacerdote entendeu que aquilo vinha do céu e me aconselhou a ir com José e ficar com ele até o dia das núpcias. Então ele me levou para Nazaré e continuou com seus trabalhos de carpinteiro dedicado a construir habitações. Morava em outra casa e, por isso, naquele momento não habitamos juntos, como era o costume do nosso povo. Continuei ali a rotina de rezar e trabalhar. Tudo parecia estar indo muito bem. Seguiria normalmente as etapas de matrimônio em Israel. Estava prometida em casamento a José. Estava sendo definido o valor do dote que ele pagaria aos meus pais, conforme a tradição. O contrato conjugal estava preparado. José e eu havíamos consentido nesse projeto e morávamos um no coração do outro. Vivíamos o tempo do noivado. Estava desposada e aguardava o tempo das núpcias em que a união seria definitivamente selada. O período do noivado até as núpcias seria de cerca de um ano. Vivia em Nazaré. José compreendia perfeitamente o valor místico de minha virgindade que havia experimentado no Templo. No tempo certo ele me levaria para a casa de meus pais a fim de que fossem celebradas as núpcias. Tudo deveria seguir o curso da tradição. Mas um anjo atravessou nosso caminho e mostrou uma estrada totalmente nova. Deus tem planos que nem sempre podemos prever ou compreender.

    E foi assim... permanecia noiva daquele homem tão justo e atencioso: vivia na morada de José!

Capítulo 4

A CONVERSA COM O ANJO

Seria um dia como outro qualquer. Cuidava das coisas da casa e dedicava-me às costumeiras orações. Desde a infância tinha o hábito de conversar com os anjos de Deus e mergulhar na mais profunda sintonia com o céu. Esse mergulho interior me levava ao êxtase. A mística alimentava a minha alma e me fazia uma mulher inteira. Mas naquele dia foi diferente. A costumeira voz do anjo interior pareceu vir de fora e tocar em meus ouvidos. Parecia sonhar de olhos bem abertos e ver aquela criatura celestial bem na minha frente. Nunca havia tido uma visão tão extraordinária. Parei com tudo o que estava fazendo e fiquei contemplando o ser de luz se aproximar. Foi então que ouvi claramente a frase mais bonita que alguém poderia pronunciar: "Alegra-te, cheia de graça, o Senhor está contigo".

Era tão belo quanto incompreensível. Entendia as palavras, mas não conseguia decifrar o significado. Anúncios assim deveriam ser exclusivos de grandes sacerdotes, profetas e reis. O anjo poderia ter errado de endereço. Deveria estar no Templo de Jerusalém. Por que gastaria tempo com uma menina de periferia? Não deveria ele anunciar essa graça plena na mesa de alguma reunião importante? Por que ele teria entrado em minha humilde cozinha e feito a declaração na mesa da refeição, nem sequer uma mesa, uma esteira estendida no chão? O céu se misturava com minhas panelas e vassouras.

Logo que ouvi a saudação fiquei maravilhada. Nunca havia experimentado tão profundo êxtase. Era como se o tempo tivesse parado. O anjo entrou onde eu estava, mas parecia mesmo me levar para o céu por um instante. Aos poucos eu iria compreender que somente o êxtase nos permite mergulhar nos mistérios de Deus. Nada é possível sem esse encanto. Todo conhecimento passa pela ponte do maravilhamento. Havia algo de temor e perturbação misturado com uma incrível admiração. Entendi que era exatamente isso que Moisés havia sentido diante da sarça ardente. Curiosidade e encanto precedem todo conhecimento e sabedoria.

Não sei quanto tempo fiquei extasiada. Pode ter sido rápido, mas parecia muito tempo. Entendi que a eternidade se esconde em um instante quando estamos no colo de Deus. Contudo logo voltei desse momento eterno e minha mente paralisada começou a raciocinar novamente. Pensava no que poderia significar tudo aquilo! Mil perguntas vinham à minha cabeça. Não eram dúvidas nem incertezas. Eram somente perguntas de fé. Sabia que, de alguma forma, Deus estava me visitando por intermédio daquele arcanjo de nome Gabriel. Ele percebeu meus pensamentos e disse: "Não temas, Maria, pois encontraste graça diante de Deus. Eis que conceberás e darás à luz um filho, e lhe porás o nome de Jesus. Ele será grande e será chamado filho do Altíssimo, e o Senhor Deus lhe dará o trono de seu pai Davi e reinará eternamente na casa de Jacó, e o seu reino não terá fim".

A explicação parecia tão simples. Era lindo. Vivia em uma nação oprimida por reis estrangeiros. Era tão difícil trabalhar para pagar os impostos e permanecer sempre como uma nação explorada. Seria o plano de Deus suscitar um rei que libertaria Israel da opressão dos romanos? Mas como eu poderia ser mãe se ainda vivia dedicadamente ao meu voto de castidade e o mantinha até mesmo durante o noivado com José? Tentava imaginar uma forma de isso acontecer, porém nada vinha à minha mente. Por isso, resolvi perguntar ao anjo:

"Pode me dizer como isso acontecerá, já que não levo uma vida conjugal com nenhum homem?". Percebendo minha dúvida misturada com muita confiança, Gabriel abriu um sorriso e respondeu: "O Espírito Santo virá sobre ti e a força do Altíssimo te envolverá com a sua sombra. Por isso, o ente santo que nascer de ti será chamado Filho de Deus".

Impressionante! Aquelas palavras eram como a peça perdida do quebra-cabeças que eu montava no Templo desde a minha infância. Tudo começava a fazer um sentido muito especial. Ser envolvida com a Sombra do Espírito me fez lembrar a nuvem que acompanhava o povo de Israel guiando-o pelo deserto. Lembrei-me também de que essa nuvem ficava sobre a tenda da reunião. Moisés entrava e falava face a face com Deus. E, quando ele saía, o rosto dele brilhava. Era um reflexo do sorriso de Deus para todo o povo. Naquele momento eu sentia que a nuvem do Espírito Santo começava a envolver toda a nossa conversa. Sentia como se fosse o início de uma Nova Criação. No princípio era o caos e o Espírito pairava, como uma nuvem, sobre a terra. E Deus disse: "Faça-se"... e tudo foi feito. E Deus viu que tudo era bom.

O anjo continuou com uma revelação surpreendente: "Também Isabel, tua parenta, até ela concebeu um filho na sua velhice, e já está no sexto mês aquela que era tida por estéril, pois Deus cumpre o que promete, para Ele nada é impossível".

Naquele momento o tempo parou. O anjo ficou me olhando e não disse mais nada. Para dizer a verdade, senti imensa curiosidade em saber mais sobre a gravidez da minha prima Isabel. Ela não havia contado para ninguém. Mas pensei comigo mesma que deveria lhe fazer uma visita para ajudar nos três meses que faltavam para o parto. Na idade dela toda ajuda seria bem-vinda. Olhei nos olhos de Gabriel. Ele nada mais dizia. Seu sorriso desapareceu e ele parecia um pouco inquieto esperando que eu dissesse alguma coisa.

Fiquei por alguns instantes rezando e meditando suas últimas palavras: *Deus cumpre o que promete*. Lembrei-me de tantas promessas de Deus. Fiquei pensando naquele momento em que Moisés e todo o povo estavam diante do Mar Vermelho. Deus prometera a libertação. O Mar se abriu... e o povo passou. Na sede do povo, Deus cumpriu a promessa e fez brotar água da rocha; na fome mandou o maná e as codornizes; na falta de sentido e orientação mandou as tábuas da lei; na falta de organização enviou profetas, reis e juízes. Deus prometera uma terra a Abraão. E o povo ingressou na terra prometida. Como poderia duvidar das promessas de Deus? Mas agora estávamos falando da maior de todas as promessas: o Messias, o Salvador!

O anjo continuava me olhando. Pensava comigo mesma como iria explicar isso a José: "Estou grávida, pois um anjo me apareceu e disse que o Espírito Santo me cobriria com a sua sombra". Um pouco difícil de entender aos olhos deste mundo. No entanto, uma segurança espiritual consolou a minha alma. A iniciativa havia sido do próprio Deus. Ele saberia como resolver os problemas. Por isso, deixei de lado todas as possíveis consequências e simplesmente me lancei em uma reposta de fé: "Eis aqui a serva do Senhor. Faça-se em mim conforme Sua promessa".

O anjo sorriu, agora com o rosto completamente brilhante. Queria conversar um pouco mais, porém a criatura celestial simplesmente desapareceu. Imaginei que ele fosse logo contar também para José os planos sagrados e todos os problemas estariam resolvidos. Mas ele demorou um pouco. Como ele receberia a notícia?

Deixei essas preocupações de lado. Só conseguia pensar em ajudar minha prima em sua gravidez de risco. Dei um jeito de organizar as coisas e parti montanha acima para a pequena cidade de Ain Karim, situada a cerca de seis quilômetros de Jerusalém. Seriam ao menos quatro dias de caminhada para vencer os 150 quilômetros a pé. Havia declarado ao anjo que seria a "serva do Senhor" e sabia que isso significava servir as pessoas que precisam. Era levada pela força do amor, e cansaço de amor não cansa.

Capítulo 5

A PRIMA ISABEL

Naquela noite tive dificuldade para adormecer. Ficava recordando o encontro maravilhoso com o anjo Gabriel, o anúncio, a gravidez, a delicada conversa com minha mãe e, depois, com meu pai. José estava trabalhando em uma de suas obras. Ainda não morávamos na mesma casa. Confiei que o anjo logo o visitaria também. Quando abri os olhos, o dia já estava clareando. Tudo estava pronto para a viagem. Era preciso partir às pressas. O caminho rumo ao sul de Israel era longo e montanha acima. Ain Karim, uma cidade de Judá, fica a 754 metros acima do nível do mar, enquanto Nazaré, na Galileia, fica a apenas 346 metros. Portanto, seria necessário subir por volta de quatrocentos metros. O caminho era habitado por bandidos e assaltantes. Consegui unir-me a uma das caravanas que geralmente enfrentava aquelas montanhas. Sabia que seriam necessários ao menos quatro dias, sem muito descanso, para chegar.

Na tarde do quarto dia avistei a casa de minha prima Isabel e seu esposo Zacarias. Não tinha enviado recado de que faria aquela visita, mas ela parecia me aguardar com o coração em festa. Quando entrei na casa a encontrei sentada, em repouso. Apenas disse "boa tarde" e ela levantou-se rapidamente e veio me abraçar. Parecia inundada de uma felicidade pouco comum. O abraço foi mais longo que de costume e ela, depois, segurou meus ombros, olhou no fundo dos meus olhos, respirou profundamente, conteve a lágrima e disse em alta voz: "Bendita és tu entre as mulheres e bendito é o fruto do teu ventre. Donde me vem esta honra de a mãe do meu Senhor vir me visitar? Pois assim que a voz da tua saudação chegou aos meus ouvidos, a criança estremeceu de alegria em meu ventre. Feliz é tu que acreditaste, pois se hão de cumprir todas as coisas que te foram ditas da parte do Senhor".

Diante dessas palavras, fiquei completamente sem ação. Como ela poderia saber de tudo o que me acontecera se eu não havia dito mais do que "boa tarde"? Teria sido ela também visitada pelo mesmo anjo?

Antes que eu pudesse fazer qualquer pergunta, ela me levou para um passeio no jardim e fomos até a fonte buscar água. Ela me disse, então: "Logo Zacarias chegará em casa. Não estranhe. Ele está completamente mudo. Por isso, vou contar a você tudo o que aconteceu. Assim entenderá o milagre que Deus operou em nossa vida nestes últimos seis meses. Como você sabe, Zacarias é um sacerdote da classe de Abias. Sempre cumprimos a lei fielmente, mas vivíamos o mesmo drama de sua mãe, Ana: não tínhamos filhos. O tempo foi passando e isso se tornou uma sombra em nossa vida. Descobri minha esterilidade e, para piorar as coisas, a idade foi chegando. Perdemos completamente a esperança e passamos a viver para as coisas de Deus. Um dia desses Zacarias foi sorteado para entrar no Santo dos Santos e oferecer o incenso conforme era previsto. Ele estava muito feliz por essa honra. Naquele dia uma grande multidão esperava do lado de fora. Percebi que ele demorava um pouco mais do que de costume. Finalmente ele saiu e estava desse jeito, completamente sem voz. Não conseguia explicar o que havia acontecido, mesmo ensaiando uma série de gestos e acenos. Quando terminou o tempo do seu ministério voltamos para casa. Então, mais calmo, ele começou a me explicar o que acontecera escrevendo em uma tabuinha".

Isabel me mostrou alguns dos escritos de Zacarias. Era impressionante: "Estava no Templo, no Santo dos Santos, preparado para oferecer o incenso perfumado. Já havia começado o rito quando senti uma presença espiritual. Mas era costume que o sacerdote sorteado entrasse sozinho. Quem poderia estar ali? No início achei que era fruto da minha imaginação. Foi quando à direita do altar pude ver claramente aquela criatura de luz. Fiquei muito perturbado, assustado mesmo. O anjo disse para eu ficar calmo. Minha prece havia sido acolhida por Deus. Em seguida ele revelou: 'Tua esposa, Isabel, vai ter um filho e tu o chamarás de João. Ele será motivo de contentamento, e muitos se alegrarão com o seu nascimento; porque será grande diante do Senhor e não beberá nem vinho nem licor, e desde o ventre de sua mãe será cheio do Espírito Santo; ele converterá muitos dos filhos de Israel ao Senhor seu Deus, e irá adiante de Deus com o espírito e poder de Elias para reconduzir os corações dos pais aos filhos e os rebeldes à sabedoria dos justos, para preparar ao Senhor um povo bem disposto'. Era bom demais para ser verdade. Não conseguia acreditar em tudo aquilo. Perguntei então ao anjo como poderia ter certeza daquela promessa. Não era possível, pois já era idoso e minha mulher estéril e de idade avançada. O anjo naquele momento foi muito firme e disse: 'Sou Gabriel, assistente de Deus e fui enviado até você para dar essa grande notícia. Como seu coração não acreditou, você ficará mudo e não poderá falar até que tudo isso aconteça'. E assim aconteceu".

Isabel então me disse: "Quando voltamos para casa tivemos dias imensamente felizes como casal. Passou um tempo e percebi que estava grávida. No início não quis alimentar muitas esperanças e nem contar para as pessoas. Durante esses seis meses mantive tudo em segredo. Apenas rezava todos os dias: 'Eis a graça que o Senhor me fez, quando lançou os olhos sobre mim para tirar o meu opróbrio dentre os homens'". Só não entendo como você ficou sabendo da minha gravidez".

Então foi minha vez de contar para Isabel o que havia acontecido comigo: "O mesmo anjo que visitou Zacarias no Templo de Jerusalém foi até a minha cozinha em Nazaré, do lugar da reunião para o lugar da refeição; do centro para a periferia. Então perguntei: 'Estou contando toda a minha história, mas quando cheguei tive a impressão de que você já sabia de tudo isso... como?'". Isabel me disse que foi tomada pela inspiração do Espírito Santo a fazer aquela prece. Revelou que nem ela tinha entendido bem a profecia que estava pronunciando. Agora conseguia entender um pouco melhor os planos de Deus. Não havia mais o que dizer. Ficamos um tempo abraçadas sentindo nossos filhos do ventre ao som da fonte e do barulho do vento nos ciprestes. Aos poucos uma suave melodia foi brotando de nossos lábios e começamos a fazer nossa prece de gratidão naquele entardecer, até o sol se pôr:

Minha alma glorifica ao Senhor,
meu espírito exulta de alegria em Deus,
meu Salvador,
porque olhou para sua pobre serva.
Por isto, desde agora,
me proclamarão bem-aventurada
todas as gerações,
porque realizou em mim maravilhas
aquele que é poderoso e cujo nome é Santo.
Sua misericórdia se estende,
de geração em geração, sobre os que o temem.
Manifestou o poder do seu braço:
desconcertou os corações dos soberbos.
Derrubou do trono os poderosos
e exaltou os humildes.
Saciou de bens os indigentes
e despediu de mãos vazias os ricos.
Acolheu a Israel, seu servo,
lembrado da sua misericórdia,
conforme prometera a nossos pais,
em favor de Abraão
e sua posteridade, para sempre.

Ao chegarmos a casa, Zacarias nos aguardava e ficou muito feliz com a visita. Fiquei ali durante três meses, até se completarem os dias e Isabel dar à luz. Todos vinham dar os parabéns e ficavam maravilhados com a manifestação da misericórdia de Deus naquele lar. No oitavo dia, segundo o costume, foram circuncidar o menino e todos queriam lhe dar o nome de seu pai, Zacarias. Isabel, porém, insistia que o nome deveria ser João. Depois de muito debate, alguém teve a ideia de perguntar ao próprio Zacarias que se lembrava bem do nome indicado pelo anjo no Templo. Ele escreveu simplesmente: "O nome será João!". Foi então que algo incrível aconteceu. Sua língua se soltou e ele, cheio do Espírito Santo, começou a cantar belíssimos louvores a Deus:

> Bendito seja o Senhor, Deus de Israel,
> porque visitou e resgatou o seu povo,
> e suscitou-nos um poderoso Salvador,
> na casa de Davi, seu servo
> como havia anunciado,
> desde os primeiros tempos,
> mediante os seus santos profetas,
> para nos livrar dos nossos inimigos
> e das mãos de todos os que nos odeiam.
> Assim exerce a sua misericórdia com nossos pais,
> e se recorda de sua santa aliança,
> segundo o juramento que fez a nosso pai Abraão:
> de nos conceder que, sem temor,
> libertados de mãos inimigas,
> possamos servi-lo
> em santidade e justiça, em sua presença,
> todos os dias da nossa vida.
> E tu, menino,
> serás chamado profeta do Altíssimo,
> porque precederás o Senhor
> e lhe prepararás o caminho,
> para dar ao seu povo conhecer a salvação,
> pelo perdão dos pecados.
> Graças à ternura e misericórdia de nosso Deus,

que nos vai trazer do alto a visita do Sol nascente,
que há de iluminar os que jazem nas trevas
e na sombra da morte
e dirigir os nossos passos no caminho da paz.

Essa prece ressoava em meu coração enquanto eu descia as montanhas de volta para Nazaré. Havia apenas uma sombra em meus pensamentos. Estava grávida havia três meses. Logo apareceriam os sinais exteriores. Era preciso conversar com José. Estava confiante e feliz, mas não tinha ideia de qual seria a sua reação, apesar de todo o seu carinho e fidelidade a Deus. Nunca se ouvira falar de uma mulher que ficou grávida permanecendo virgem. Segundo uma interpretação das Escrituras este seria o sinal de que aquele era o Messias prometido. Mais que isso. Era a garantia de que aquele menino era totalmente humano e totalmente divino. A humanidade levaria mais de trezentos anos para entender isso. José seria capaz de entender em apenas três meses?

Capítulo 6

O DRAMA DE JOSÉ

A viagem de volta, apesar de montanha abaixo, foi um pouco mais cansativa. Sentia que algo havia mudado em meu corpo. Já estava na décima segunda semana de gestação, três meses. Sentia mais sono e mais fome do que o normal. Não menstruava, o que me dava uma garantia a mais de que a promessa do anjo se confirmara. Na verdade, desde o primeiro instante, nunca duvidei da proposta de Deus e aquele meu "faça-se" foi definitivo e pra valer.

A cada passo que eu dava, sentia que o menino em meu ventre já estava praticamente formado, com olhos e pálpebras, braços e pernas, mãos com pequenas unhas e o cérebro em funcionamento. Meu pequeno tinha apenas catorze gramas e menos de sete centímetros. Grande milagre de amor o Infinito se abrigar em tão pequena criatura. Sabendo disso, costumava conversar com o pequeno Jesus que se formava no sacrário do meu ventre. As pernas estavam fatigadas ao final do primeiro dia de caminhada, mas o coração não cansava de louvar o Bom Deus por tão grande graça. Apesar dos perigos do caminho, sentia que estava protegida pelos anjos de Deus.

Cheguei no final da tarde do quarto dia a Nazaré, na Galileia, norte de Israel. José ainda estava no trabalho. Confesso que me sentia um pouco tensa para a necessária conversa. Qual seria a sua reação? Não era mais possível deixar para depois. Logo apareceriam os sinais externos da gravidez. Fui à fonte buscar água com as amigas e nenhuma delas parecia perceber ou saber de nada. Fiquei um pouco mais tranquila. Ainda não era um fato público.

José chegou ao cair da noite, cansado, com fome, após um árduo dia de trabalho. A conversa não foi demorada. Falei do encontro com o anjo e de tudo o que ele havia me revelado. Ele me ouvia atentamente, mas sem qualquer reação. Parecia paralisado. Mas por dentro sua cabeça girava e pensava mil coisas confusas. Os olhos estavam um pouco marejados querendo deixar escapar uma lágrima de incompreensão. O que parecia tão simples para mim era extremamente complexo para ele. Era preciso respeitar o seu tempo. E foi isso que aconteceu. Ao terminar de ouvir minha história, ele pediu para ficar um pouco sozinho, em oração. Depois foi dormir sem dizer nada...

Algum tempo depois, ele me revelou com detalhes seus pensamentos daquela noite. Ele não conseguia concatenar bem as ideias. Chorou amargamente. Estávamos noivos, prometidos em casamento. Mas ainda não coabitávamos, não tínhamos relações conjugais. Como, então, eu poderia estar grávida? Ele conhecia a profecia de que o Messias deveria nascer de uma "virgem", mas nunca imaginou que isso pudesse acontecer em sua casa, em sua família. Nesse caso, começou a se sentir indigno de tão grande missão. Por ser um homem humilde sentia que era muito pequeno e começou a ter um medo involuntário. Reconhecia que era indigno e pecador. Quem sabe o melhor seria se retirar da minha vida para dar lugar a Deus, o verdadeiro Pai.

No meio desse turbilhão de pensamentos confusos, José respirou fundo e começou a imaginar a reação das pessoas ao saber da minha gravidez ainda na primeira etapa do matrimônio, quando os noivos não deveriam ter relações conjugais. Naturalmente as pessoas perguntariam quem seria o pai da criança. José era um homem justo. Jamais passaria por sua cabeça mentir. Era íntegro e, por isso, teria que dizer que o filho não era dele. Era de Deus. Mas será que as pessoas acreditariam nessa história? Segundo a lei, uma mulher que ficasse grávida naquelas condições deveria ser apedrejada. Meu amado José ficou em um terrível dilema: sua fidelidade a Deus e à verdade poderia significar a minha morte. Por isso, pensou por um momento que o melhor seria me abandonar em segredo. A culpa recairia sobre ele e minha vida seria poupada.

O que sempre admirei no meu amado José foi que, além de humilde e justo, ele era um homem extremamente sábio, paciente e ponderado. Após aquela decisão errada, ele não foi arrumar as malas, mas foi dormir. Muitas decisões seriam mais acertadas se as pessoas entendessem os mistérios do sono de José. Tudo mudou naquela noite. Finalmente o anjo apareceu-lhe em sonho e lhe disse: "José, filho de Davi, não temas receber Maria por esposa, pois o que nela foi concebido vem do Espírito Santo. Ela dará à luz um filho a quem porás o nome de Jesus, porque ele salvará o seu povo dos seus pecados. Tudo isso aconteceu para que se cumprisse o que o Senhor falou por meio do profeta: 'Eis que a Virgem conceberá e dará à luz um filho que se chamará Emanuel, que significa Deus conosco'".

Na manhã seguinte, o sorriso voltou para o rosto de José. Ele me olhou com uma ternura que jamais me esquecerei. Tornou-se meu anjo guardião. Avançamos para as etapas seguintes do matrimônio, mas ele agora entendia perfeitamente o significado enorme daquela missão. Vivemos juntos nosso voto de castidade. A pureza do seu afeto foi um dos grandes dons que recebi de Deus. O céu fez morada em mim e, depois de algum tempo, fui acolhida na morada de José.

Capítulo 7

NOITE FELIZ:
O MENINO NASCEU

A vida em Nazaré continuou tranquila nos seis meses seguintes. Aparentemente tudo seria normal até os dias do nascimento do menino. É verdade que José e eu conversávamos muito sobre o que diziam as Escrituras a respeito da vinda do Messias. Certa ocasião, nos deparamos com o texto de Miqueias: "E tu, Belém, terra de Judá, não és de modo algum a menor dentre as cidades de Judá, porque de ti sairá o chefe que governará Israel, meu povo". Não fazia muito sentido sair do interior da Galileia, ao norte de Israel, para ter um filho nos arredores da capital, Jerusalém, onde se situava a pequena cidade de Belém. Mas, próximo de completar nove meses da gravidez, apareceu um decreto do imperador César Augusto ordenando um recenseamento de toda a terra. Cada pessoa deveria ir até a cidade de sua origem familiar. Foi quando nos demos conta de que José era descendente de Davi e, por isso, deveria apresentar-se para o recenseamento em Belém, conhecida como "Cidade de Davi".

Foi minha segunda viagem longa durante a gravidez, mas desta vez tudo seria mais difícil. A distância era quase a mesma em relação a Ain Karim, pouco mais de 150 quilômetros. Enfrentamos o caminho com força e fé. Sabíamos que tudo aquilo estava nos planos de Deus. Desta vez a viagem durou cinco dias. Ao chegarmos à cidade, José procurou a casa de seus familiares onde fomos acolhidos. Naturalmente a casa estava repleta de parentes que haviam chegado para o recenseamento. Lembro-me bem de quando senti as primeiras contrações. Falei para meu esposo que a hora estava chegando. Era preciso achar um lugar para dar à luz. Lembro-me de que ele procurava me passar segurança, mas estava um pouco ansioso. Foi quando lhe disse: "Amado, não tem mais jeito... sinto que a criança vai nascer". Nos fundos da casa havia um lugar com a manjedoura utilizada pelos animais. Foi ali mesmo que o menino nasceu. Logo apareceram alguns pastores dizendo ter ouvido o anúncio de um anjo que lhes disse: "Não temais, eis que vos anuncio uma Boa-Nova que será alegria para todo o povo: hoje vos nasceu na Cidade de Davi um Salvador, que é o Cristo Senhor. Isto vos servirá de sinal: achareis um recém-nascido envolto em faixas e posto numa manjedoura".

Disseram, ainda, que logo em seguida apareceu uma imensa quantidade de anjos que repetiam em coro: "Glória a Deus no mais alto dos céus e paz na terra aos homens por Ele amados".

Todos queriam ver o menino que repousava calmamente no meu colo. O fato logo virou assunto na região. José e eu preferíamos o silêncio. Da minha parte, conservava todas essas coisas em meu coração meditando e transformando tudo em prece de louvor.

Era o tempo do rei Herodes. Sabíamos que se os comentários sobre o menino chegassem até ele poderia significar um grande risco. Ouvi um dos pastores confundir as coisas dizendo que finalmente havia nascido alguém capaz de libertar Israel do poder dos romanos. Era preciso voltar logo para Nazaré. Mas, por vários motivos, precisávamos esperar o tempo certo. A viagem longa poderia significar risco e, estando nas proximidades de Jerusalém, poderíamos apresentar o menino no Templo, segundo a Lei. Encontramos um lugar na casa de um parente e resolvemos ficar algum tempo por ali.

Passados oito dias, fomos ao Templo para apresentar o menino a Deus e realizar o rito de purificação, conforme estava previsto na Lei: "Todo primogênito do sexo masculino será consagrado ao Senhor". José adquiriu um par de pombinhos para entregar como oferta. Encontramos muitas pessoas no Templo. Mas duas delas nos chamaram mais atenção. Havia um tal de Simeão que recebera uma revelação do Espírito Santo de que não morreria sem primeiro ver o Messias. Quando ele nos viu, seus olhos brilharam. Ele pediu para segurar o menino no colo, olhou para o céu e pronunciou um louvor que ficou esculpido em meu coração: "Agora, Senhor, deixai o vosso servo ir em paz, segundo a vossa palavra. Porque os meus olhos viram a vossa salvação que preparastes diante de todos os povos, como luz para iluminar as nações, e para a glória de vosso povo de Israel".

Cada fato nos deixava admirados pelas coisas que se diziam do pequeno Jesus. Simeão olhou em meus olhos e disse: "Eis que este menino está destinado a ser uma causa de queda e de soerguimento para muitos homens em Israel, e a ser um sinal que provocará contradições, a fim de serem revelados os pensamentos de muitos corações. E uma espada transpassará a tua alma".

Se o louvor de Simeão ficou ecoando em meu coração, sua profecia ficou esculpida na minha alma. Ainda não podia entender muito bem tudo o que poderia significar aquela "espada". O tempo iria revelar cada detalhe dessa história de amor.

Outra pessoa que nos procurou naquele dia foi uma velha profetiza chamada Ana, filha de Fanuel. Tinha 84 anos de idade. Ficara casada apenas sete anos e depois ficou viúva e resolveu dedicar-se às coisas de Deus. Permanecia no Templo e praticava jejuns e orações. Era uma verdadeira pregadora da Palavra de Deus que animava todos os peregrinos que traziam suas dores e esperanças ao Templo de Deus.

Depois daquela celebração voltamos para a casa que nos acolhia em Belém e arrumamos tudo para voltar a Nazaré com a promessa de retornar todos os anos para a festa da Páscoa em Jerusalém. Isso iria se tornar um costume. Em Nazaré, o menino ia crescendo a cada dia. Contemplávamos orgulhosos seus pequenos olhos de sabedoria e graça.

Não passou um ano antes de voltarmos para Belém. Foi então que recebemos uma visita totalmente diferente. Homens sábios, vindos do Oriente, chegaram até a casa em que estávamos à procura do menino. Traziam presentes preciosos: ouro, incenso e mirra. No meu coração entendia que o verdadeiro presente era aquele menino para a humanidade: Deus presente, por isso o incenso; Rei dos reis, por isso o ouro; e humano como nós, por isso a mirra, óleo aromático utilizado para a unção dos que seriam sepultados. A identidade de meu filho estava retratada naquelas três ofertas. Durante a visita eles contaram de que modo foram guiados por uma estrela. Como procuravam o descendente da realeza, acabaram caindo na casa do rei Herodes. Meu coração gelou. Ele teria ouvido atentamente a história e, depois, consultou os sábios da corte para saber onde deveria nascer o "menino-rei"; todos foram unânimes em afirmar que seria em Belém. Ele despediu os sábios com uma recomendação: "Ide e informai-vos bem a respeito do menino. Quando o tiverdes encontrado, comunicai-me, para que eu também vá adorá-lo". Pura mentira. Queria livrar-se de um concorrente ao trono. Imaginava um rei como outro qualquer.

A estrela apareceu novamente e os sábios chegaram até nós. Nossos temores haviam se confirmado. O rei já sabia de tudo. Era só uma questão de tempo para começar a perseguição. Mas eles foram avisados em sonho para não retornar a Herodes e voltaram para sua terra por outro caminho. Um anjo do Senhor apareceu a José em sonho e lhe disse: "Levanta-te, toma o menino e sua mãe e foge para o Egito; fica lá até que eu te avise, porque Herodes vai procurar o menino para o matar". Ele me acordou durante a noite e falou: "Maria, não podemos colocar esse menino em risco. Vamos sair agora mesmo. Pode parecer um absurdo, mas o Senhor me revelou em sonho que apenas no Egito estaremos seguros".

Entreguei plenamente aquela viagem a Deus. Ele colocara José, um forte guardião, ao meu lado. Não havia o que temer. Saímos às pressas sem saber quanto tempo ficaríamos naquela terra estrangeira. No caminho, eu recordava tantas passagens do povo de Deus que saiu do Egito, terra da escravidão. Era para nós naquele momento o caminho contrário: uma terra de esperança e libertação. Esperávamos todos os dias o momento de voltar em segurança para a nossa pátria. A saudade apertava. Mas conhecíamos a profecia de Oseias, que diz: "Do Egito chamei meu filho". Nossa família seria um novo povo de Deus e marcaria uma nova Aliança. Deus tem seus caminhos e estávamos dispostos a percorrê-lo.

Daquela terra estrangeira ouvíamos falar das atrocidades de Herodes. Após perceber que havia sido enganado pelos sábios do Oriente, ficou muito irritado e mandou massacrar em Belém e nos arredores todos os meninos de 2 anos para baixo, conforme o tempo exato que havia indagado dos sábios. Cumpriu-se, então, o que foi dito pelo profeta Jeremias: "Em Ramá se ouviu uma voz, choro e grandes lamentos: é Raquel a chorar seus filhos; não quer consolação, porque já não existem!".

Com a morte de Herodes, o anjo do Senhor apareceu em sonho a José, no Egito, e disse: "Levanta-te, toma o menino e sua mãe e retorna à terra de Israel, porque morreram os que atentavam contra a vida do menino". José levantou-se, e voltamos rapidamente para a terra de Israel. Porém, quando ouvimos dizer que Arquelau reinava na Judeia, em lugar de seu pai, Herodes, não ousamos sequer passar por Belém. Sempre advertido em sonhos, José nos levou de novo para a Galileia e retornamos para Nazaré. Então entendemos por que os profetas diziam que o Messias seria chamado Nazareno. Tudo começava a fazer muito sentido!

Capítulo 8

A INFÂNCIA DO MENINO-DEUS

Os anos se passaram sem nada de muito extraordinário. A vida seguia seu curso na pacata cidade de Nazaré, uma pequena vila com cerca de trezentos a quatrocentos habitantes, onde todo mundo se conhecia. Levávamos uma vida quase igual à de todos, cheia de cuidados familiares e de trabalhos. Éramos uma família humilde, mas muito feliz. Enquanto eu me dedicava a tecer as vestes e remendar o que fosse necessário, moer o trigo e fazer o pão, rachar a lenha e preparar os alimentos, José estava sempre ocupado na carpintaria ou então em uma das obras dedicado a construir casas na região, como era comum para carpinteiros experientes como ele.

Apesar de termos vivido durante trinta anos essa vida escondida, pouco se fala sobre ela. As pessoas sempre preferem os fatos extraordinários, no entanto as maiores belezas se escondem nas rotinas do dia a dia. Entendia cada vez mais que Deus iria salvar a humanidade pela via da simplicidade. Se ele havia escolhido nossa humilde "mesa" da refeição para o grande anúncio, certamente escolheria muitas outras mesas para depositar seus maiores mistérios. Jesus escolheria uma mesa santa para eternizar sua presença em uma migalha de páo repartido e um gole de vinho consagrado. E a mesa santa foi elevada à dignidade de altar do sacrifício. Cada lar seria um templo. Cada família, um pequeno santuário.

Por isso, penso que vale a pena contar um pouco sobre como era nossa vida de todos os dias em Nazaré.

Eu era a primeira que acordava, antes de o sol nascer e me dedicava a uma prece: *Baruch Adonai...* (Bendito seja o Senhor). Esse tipo de bênção de ação de graças estaria em nossos lábios durante todo o dia, mais de cem vezes; tudo era motivo de gratidão a Deus. Como era comum em nossa cultura, dormíamos todos no mesmo cômodo da casa. Em poucos instantes, José e o menino acordavam também e faziam suas orações. Jesus aprendeu a rezar com as primeiras palavras que pronunciou. José colocava o *tallith* em seus ombros, voltava-se para Jerusalém e pronunciava todas as preces, segundo a tradição. Eu acompanhava tudo a uma certa distância, como era o costume do nosso povo.

Ouvíamos o barulho das ovelhas e dos cabritos no fundo da casa e dos passarinhos, pombos e galinhas no quintal. Mais um dia despertava como dom de Deus. Vestia a minha túnica de algodão, que ia até os tornozelos, e andava com os pés descalços pela casa. Esse era o costume: em casa sempre com os pés descalços. José e Jesus também colocavam suas túnicas retiradas para a noite de sono. A deles, como toda roupa masculina, era mais curta, indo até os joelhos, sem mangas e sem muitos enfeites. Eu colocava, então meu *kishurim*, uma faixa para ser amarrada na cintura, com três voltas pelo corpo, que servia como bolsa para os trabalhos domésticos. Em seguida, era necessário passar óleo no rosto e nos cabelos. Todos fazíamos essa higiene diária. A água seria utilizada apenas para a purificação, ritual antes das refeições. Ajeitava meu véu na cabeça como era próprio para toda mulher casada.

Era a hora de organizar a casa ajeitando as esteiras sobre as quais havíamos dormido, varrendo as palhas que estavam embaixo delas. Colocava tudo em um canto da casa deixando o espaço bem livre. José abria a tranca da porta e ia para fora da casa organizar tudo para começar o dia. E o alimento? Bem, quando o trabalho era na carpintaria, a primeira refeição era somente no final da manhã, mas quando José precisava sair para um trabalho mais distante fazia a refeição logo cedo, antes de partir. Eu era encarregada de estender novamente as esteiras no chão e ali preparar tudo com as travessas de cerâmica e de madeira. Era comum depositar nelas o pão, azeitonas e frutas como maçã, figo, uva ou romã. Também tínhamos o costume de comer queijo, manteiga e ricota. Utilizávamos o leite de cabra. Não tínhamos mesa ou cadeiras. A refeição, bastante modesta, era no chão mesmo. Depois de fazermos as purificações, José recitava a oração do *Shemá*: (Escuta, Israel). Eu completava essa prece tradicional com o *Beraká*, oração de bênção: "Bendito sejais, Eterno Deus, rei do universo, pelo pão que recebemos de vossa bondade...". Em seguida, José pegava um pedaço de pão e dava para o pequeno Jesus. Nunca cortávamos o pão em fatias, mas o partíamos em pedaços. Sim, cada um poderia pegar algo com as próprias mãos e comer. Utilizávamos talheres para cozinhar, mas comer era com as mãos. Pode parecer estranho, porém no começo eu não comia com os dois. Ficava em pé em um canto para servir o que fosse necessário, conforme o costume. A nossa pequena família, no entanto, foi mudando essa tradição e, aos poucos, fazíamos as refeições todos juntos.

Seguíamos fielmente as tradições do nosso povo. No dia do *Yom Kippur*, a grande expiação, o grande perdão, ficávamos em jejum absoluto por vinte e quatro horas. Os outros jejuns típicos dos fariseus, nas segundas e quintas-feiras, não eram muito comuns entre nós.

Após as refeições era minha função colocar tudo em ordem, lavando, em uma gamela de madeira, o que fosse necessário no pátio utilizando sódio de cinza. Não conhecíamos sabão. Se não tivesse água, tinha que ir à fonte e trazer uma bilha cheia na cabeça. Jesus gostava de me acompanhar nesse pequeno passeio quando criança. Depois não poderia mais, uma vez que a fonte era lugar exclusivo para as mulheres. Para sair de casa, segundo o costume, eu colocava o longo véu e outra capa por cima da túnica. Ao redor da fonte, as mulheres falavam sobre tudo. Certa ocasião comentávamos sobre a maldade de um tal rei Herodes que dominava toda a região. Mandara matar por ciúme a própria esposa e por medo de perder o poder mandara estrangular dois de seus filhos. No meu íntimo pensava da aventura que vivemos ao fugir desse rei cruel, indo para o Egito, para salvar a vida do nosso pequeno Jesus. Após sua morte, seu filho Arquelau era igualmente cruel e seu irmão, Herodes Antipas, que reinava sobre a Galileia, era menos terrível. Era esse um pouco da conversa na fonte de Nazaré.

Nos dias mais quentes José costumava repousar após o almoço à sombra de uma tenda que tínhamos no terraço. Nossa casa era muito simples, parte dela cavada em uma rocha calcária e a parte da frente feita por uma construção coberta. Havia apenas um cômodo e o chão era de terra batida. Era uma casa-gruta, como tantas em Nazaré. Na parede tínhamos uma lamparina a óleo para os momentos necessários. Os objetos domésticos também eram pendurados na parede. José fez um terraço ao qual chegávamos por uma escada.

Tínhamos um pátio na frente da casa, comum a várias famílias como as de Tiago, José, Judas e Simão, nossos parentes. Outros familiares viviam nesse pequeno núcleo. Algumas decisões costumavam envolver o clã inteiro, composto por cerca de trinta pessoas. Vivíamos mais nesse pátio do que dentro de nossa própria casa. Ali tínhamos uma bela figueira e alguns canteiros com flores, especialmente lírios, jasmins e rosas. Em um dos cantos havia uma videira que nos presenteava, vez por outra, com lindos cachos de uva. As necessidades naturais eram feitas em um bosque, ali perto, onde havia uma fossa de uso para todo o clã. Até para esse momento tínhamos uma oração de bênção.

O trabalho mais comum durante o dia era tecer roupas. Para isso, tínhamos um tear. Na Judeia usavam a lã mais frequentemente. Nós, na Galileia, tecíamos mais o linho. Não conhecíamos muito o algodão. Cheguei a tecer uma túnica para Jesus de uma peça só, sem costuras de alto a baixo. Essa roupa nova era guardada em um baú com ervas aromáticas para proteger de traças e outros insetos. Eu tinha minha caixinha com botões, agulhas, linha e tudo o que fosse necessário para remendar nossas poucas roupas. Jesus costumava observar atentamente essa atividade cotidiana de colocar remendo novo em roupas velhas.

A temperatura em Nazaré podia chegar a quarenta graus e, nos dias mais frios, a quase zero. A média durante o ano era dezoito graus.

Lavar roupas era também uma atividade muito comum. A gamela agora servia para mergulhá-las em água com salitre e bater com força em uma pedra até ficarem bem limpas. Em seguida, as estendia no terraço da casa. No fim da tarde estavam prontas para serem recolhidas e passadas com uma pedra lisa e aquecida para esse fim.

E os banhos? Em Nazaré não havia as casas especializadas em banhos aromáticos que ouvíamos dizer que existiam na capital. Para nós tudo era muito mais simples. No dia a dia lavávamos apenas os pés, as mãos e o rosto. Banho completo era na véspera das grandes festas. Era preparada uma tenda no terraço da casa e cada um tinha a sua vez de derramar, com canecas, água no corpo. A água descia como se fosse da chuva. Era um pouco penoso seguir tantas leis que consideravam a mulher impura a cada menstruação. Jesus observava tudo isso e entendia que poderia ser bem diferente...

Nosso principal alimento era pão. Precisávamos fazê-lo a cada três dias, ou todo dia, quando possível. Pão de trigo só em dias de festa. Em geral, comíamos pão de cevada. Todo o processo estava aos meus cuidados. Ainda pequeno Jesus aprendeu a buscar a porção necessária de grãos no fundo da casa. Mas era minha a função de moer o grão. O moinho ficava no pátio, muito simples, feito de duas pedras movidas por um cabo. Jesus jogava o grão e eu girava aquela engrenagem. Geralmente, pelas nove horas da manhã se podia ouvir o barulho dos moinhos em toda a vila de Nazaré. Depois, preparava a massa usando como fermento um pouco da massa do dia anterior misturando, aos poucos, com água, formando uma nova massa. Depois de amassar e dividir em doze porções, era hora de deixar descansar por uma hora, para, depois, levar ao forno coletivo.

Jesus cresceu ao redor desse rito do pão. Até os 5 anos ficava o tempo todo comigo. Íamos juntos ao pátio, à fonte, ao campo e até a Sinagoga. Eu o levava em uma rede amarrada nas minhas costas. Ele gostava muito de brincar, principalmente fazendo bonecos de barro, mas também jogando dados, jogos de tabuleiro ou esconde-esconde. Tinha uma bola de couro preenchida com lã que se tornou o terror das panelas. Ele era um menino normal, muito obediente. Quando cresceu um pouco mais, depois dos 5 anos, passou a acompanhar José na carpintaria. Sempre que chegava em casa era carinhoso, beijava minhas mãos e dizia: "Paz sobre tuas mãos". Cada dia ele chegava com uma nova descoberta aprendida nos diálogos com José. Era um menino extremamente curioso e perguntador. Após os 6 anos começou a frequentar a escola da Sinagoga. As Escrituras eram seu principal livro didático, em especial os Salmos e o profeta Isaías. Até os 13 anos sabia muitos textos de memória. Em casa, eu completava todos esses ensinamentos com o que havia aprendido na época em que passei no Templo.

De resto, a vida se passava também no costumeiro trabalho no campo. Apesar de a principal ocupação de José ser realmente a carpintaria, tínhamos um lugar comum do povoado onde era possível pastorear as ovelhas e as cabras, além de cultivar algumas ervas, hortaliças e legumes. Cuidávamos também de algumas árvores frutíferas. Algo desse campo e dessas frutas era utilizado para pagar o pesado imposto cobrado pelos romanos.

Ao cair da tarde, José, acompanhado de Jesus, ia até o mercado na entrada da cidade. Eram algumas barracas em que se vendia de tudo, de panelas a pardais. Os dois iam até lá mesmo não tendo nada para comprar ou trocar – como era comum –, pois o mercado era o lugar de encontro dos homens, como a fonte era o das mulheres. Todos se conheciam na pequena Nazaré. As notícias da cidade e até da política nacional eram assunto comum do mercado de Nazaré. O mais recorrente era a dominação dos romanos pagãos e a sua ávida fome de cobrar impostos do nosso povo. Havia um desejo reprimido de libertação, de voltar a ser um país livre que pudesse determinar seu próprio rumo. Todos acreditavam que o Messias iria pôr fim a tudo isso. Sequer imaginavam que aquele menino curioso, que ouvia a conversa dos adultos, era o Messias tão esperado.

Em casa eu preparava a ceia para os meus "meninos". Eles chegavam antes de anoitecer e rezávamos juntos o *minhah*, oração por meio da qual oferecíamos as ações do dia e pedíamos perdão a Deus. Novamente sobre a esteira, no chão, eu servia o jantar, a principal refeição do dia: pão, peixe, legumes, azeitonas e cebolas; verduras temperadas com sal, vinagre e óleo. Às vezes tínhamos ovos e alguma fruta ao final. Tudo isso era acompanhado de água ou, em certas ocasiões, uma bebida típica da região chamada *posca*, água com vinagre. O vinho era para as grandes festas e em pouca quantidade. Às vezes comíamos gafanhotos fritos, ou eu os utilizava para fazer biscoitos. Na Galileia existiam cerca de oitocentas espécies de gafanhotos comestíveis. Quatro delas eram muito comuns entre nós. É claro que antes da refeição, como sempre, rezávamos a oração de bênção, o *Beraká*. Durante a refeição, o assunto mais comum eram os acontecimentos do dia, sempre vistos à luz das Escrituras. O costume de ler a vida a partir da Palavra de Deus era muito comum entre as famílias de nosso povo. Achávamos isso muito normal e cada refeição se transformava em um momento de celebração. Assim, o pequeno Jesus foi aprendendo as tradições mais antigas de Israel.

O dia terminava com as cabras e ovelhas sendo recolhidas para seu lugar no fundo da casa e fechando a porta. Antes, José e Jesus tinham o costume de contemplar o céu estrelado para ver que tempo iria fazer no dia seguinte. Era bonito ver os dois no terraço olhando para o céu e contemplando as estrelas. Enquanto isso, dentro da casa, eu me apressava em recolher de novo as palhas e preparar as esteiras para o merecido sono da noite. O chão era de terra batida. Após espalhar a palha pelo chão, eu colocava cuidadosamente as três esteiras e retirava do baú os mantos para cada um se cobrir. À noite sempre fazia frio em Nazaré. Antes de dar lugar ao sono recitávamos juntos mais uma vez o *Shemá* e o *Tefilla*, sempre em pé e voltados para Jerusalém. A última prece era o *Beraká* da noite. José e eu olhávamos Jesus fazer a última prece do dia: "Bendito sejais, Eterno Deus nosso, que fazeis descer o sono sobre as minhas pálpebras". Era hora de despir as túnicas, enrolar-se nas mantas e deitar-se. Seguindo o costume, eu era a última a me deitar. Não era raro ficar um tempo olhando os dois já envolvidos no sono. Uma prece a mais, espontânea, vinha em minha mente até ser tomada pelo sono, após um dia absolutamente normal. Isso era extraordinário!

José e eu éramos muito fiéis ao nosso voto de castidade e eu me mantinha Virgem e Mãe, conforme as palavras daquele anjo a mim, confirmadas em sonho a José. Achávamos isso muito normal. Mas convenhamos que não éramos uma família totalmente igual à dos vizinhos. Jesus dormia entre nós e aquela era a maior bênção, o maior tesouro de nossa vida. Éramos os guardiões do grande Rei. Nossas almas se misturavam em uma relação íntima que ultrapassava qualquer intimidade desta terra. Os outros casais encontravam mil maneiras de viverem a intimidade conjugal para gerar filhos. Nós estávamos gerando uma Nova Criação. O mundo inteiro era gerado no seio da nossa pequena família, em Nazaré!

Era assim o nosso dia a dia. No pôr do sol de cada sexta-feira começávamos a viver o *shabbat*, quando aparecia a primeira estrela. Eu era encarregada de manter acesa uma chama até o cair da noite do dia seguinte. O repouso era absoluto... e merecido! Íamos ao culto na Sinagoga do povoado. Antes tomávamos nosso banho ritual e passávamos óleo perfumado. Nesse dia era preciso colocar a túnica festiva e um véu mais longo e decorado com pequenas moedas. Nosso espelho era uma placa de cobre polido. Era possível contemplar nossa pele morena e ajeitada para aquele dia que deveria ser de repouso e oração.

Ao viver o nosso dia a dia na pobre casinha de Nazaré, não imaginávamos que ela se tornaria um centro de devoção cristã, e muito menos de disputas religiosas. Quem poderia pensar que em 1293 verdadeiros anjos franciscanos, ou da família De Angeli, tomariam o cuidado de transportar algumas pedras de nossa casa à longínqua Loreto, na Itália, onde ecoam as palavras do anjo: "Ave, Maria".

Em tudo seguíamos o ritmo semanal do nosso povo. Mas havia também as três grandes festas do ano: a Páscoa, celebrando a libertação do Egito; Pentecostes, a Aliança no

Sinai; e a festa das Tendas, que recordava o tempo vivido no deserto. Muitos costumavam ir a Jerusalém nessas três festas, mas nossa família não tinha condições para isso. Apesar de todas as dificuldades, costumávamos ir a Jerusalém todos os anos por ocasião da festa da Páscoa. Era sempre um momento de encontro com os familiares de José e de muita alegria. Mas uma delas teve um drama que foi um dos maiores sustos de minha vida...

Capítulo 9

UM GRANDE SUSTO

Era apenas mais um ano... apenas mais uma festa da Páscoa. Todos em Nazaré estavam muito empolgados com a caravana para Jerusalém. Jesus tinha 12 anos. Era um pré-adolescente e, como toda criança nessa idade, gostava de brincar com seus companheiros. Era comum que não estivesse apenas com José e comigo, como antes. Sabíamos que sua liberdade era importante para aprender a viver com as próprias forças. Educávamos nosso filho para a autonomia com responsabilidade e não para a eterna dependência.

Os tocadores de flautas e tambores já anunciavam o dia da partida. Preparávamos as sandálias de peregrinos, o cajado para auxiliar nos passos e a mochila com pão, roupa e água para o caminho. Cada um levava também um pouco de dinheiro para alguma necessidade mais urgente. Estávamos no lugar da partida esperando todos para irmos juntos, pois assim era mais seguro. O ambiente era um pouco confuso. Enquanto alguns rezavam, outros conversavam e alguns soltavam gargalhadas. No caminho, José, Jesus e eu costumávamos recitar de cor alguns salmos, especialmente o Salmo 91: "Tu que habitas à sombra do Altíssimo", ou o Salmo 121: "Levanto meus olhos para os montes". A natureza nos ajudava a entoar esses louvores. Eram cerca de 140 quilômetros de passos e preces, sempre subindo as montanhas. Quando a subida se tornava mais íngreme, começávamos a rezar os Salmos 120 a 134, conhecidos como Cânticos das Subidas.

Chegar a Jerusalém era sempre uma alegria difícil de descrever. Antecipava a chegada no Reino dos Céus. Ao olhar o Templo de Jerusalém, o silêncio era a única prece possível. Ele havia começado a ser reformado mais ou menos quando eu nasci e ainda estava em obras. Lembro-me de cada detalhe, pois ali passei a maior parte da minha infância. Conhecia aquele lugar melhor que qualquer um dos peregrinos de Nazaré. Encontramos Isabel, Zacarias e o seu filho, João, que ficava muito feliz ao encontrar seu primo Jesus. Junto a outros amigos era comum desaparecerem para os voos solitários que os adolescentes gostam tanto de ensaiar. Ficávamos tranquilos, afinal sabíamos que cedo ou tarde ele se juntaria novamente a nós.

Gostávamos de entrar na cidade pela Porta das Ovelhas, lugar muito próximo da casa de meus pais, Joaquim e Ana, onde eu havia nascido. Tínhamos tantas histórias naquele lugar que era como se estivéssemos em nossa própria casa.

Aquele ano era especial para Jesus. Ele estava prestes a completar 13 anos, idade em que seria considerado adulto e poderia usar o *tallit*, como seu pai. Deveria passar por um exame da maturidade junto aos doutores no Templo. Ele não via a hora de avançar essa fase, como é muito fácil de imaginar. Era comum que os peregrinos se abrigassem em tendas ao redor da Cidade Santa. Mas nós tínhamos a casa dos parentes que sempre ficavam felizes em nos acolher para a breve estada no tempo da Páscoa.

Na véspera da Páscoa, celebrada no dia 14 do mês lunar de Nisã, com as outras mulheres, nos apressamos na costumeira limpeza da casa. Era preciso preparar tudo para a nossa ceia maior: entre outras coisas, o pão sem fermento, o vinho, as ervas amargas e o cordeiro, que dava muito trabalho, pois deveria ser levado ao Templo para ser sacrificado pela mão dos sacerdotes, sobre o altar. Essa era uma tarefa dos homens. Jesus não gostava muito de acompanhar José nesse rito. Como ainda tinha 12 anos, podia ficar em casa, mas a partir do ano seguinte tudo seria diferente. Era normal ele questionar certos ritos quando conversávamos a sós, mãe e filho. Confesso que algumas vezes ficava sem resposta diante de tantos "porquês" que saíam da boca daquele menino. Certa ocasião, um pouco cansada, sugeri que fosse perguntar a José... e ele respondeu: "Mas foi justamente ele quem me disse: 'Pergunte para sua mãe que ela saberá!'".

Tudo estava preparado para a nossa Ceia Pascal, o *hagadá*. E parecia tudo normal naquele ano. No entanto, algo muito estranho aconteceu. Após a festa, voltamos em caravana, como era hábito. Jesus costumava ficar com seus amigos e não nos preocupamos, pois estávamos protegidos pelo grupo. Como alguns haviam saído na frente e, entre eles, alguns amigos de Jesus, imaginamos que estivesse com eles apostando corrida. Era comum ver quem chegava primeiro. Mas não era bem assim. Ele fez uma coisa que nunca compreendemos. Enquanto nos preparávamos para sair ele resolveu ir ao Templo para antecipar seu exame de admissão à idade adulta. Achou que seria mais prático, porque, caso contrário, deveria esperar até o ano seguinte. Perdeu completamente a noção do tempo.

Estávamos caminhando algum tempo quando percebemos que ele não estava na comitiva. O coração acelerou. José começou a procurar entre os parentes e amigos. Ninguém tinha visto Jesus. O jeito era voltar para Jerusalém. Sentíamos um vazio enorme no peito. Não havia mais fome, sede ou cansaço. Só queríamos encontrar o menino. Não estava na casa dos parentes. Procuramos na tenda dos novos amigos. Ninguém o havia visto. Teria sido descoberta a sua identidade por algum servo de Arquelau?

Já haviam se passado três dias de buscas, e nada. Então, resolvemos ir ao Templo para fazer uma prece ao bom Deus. A cena nunca saiu de minha mente: o menino estava entre os doutores em uma conversa animada. Nem percebeu quando entramos. Meu primeiro impulso foi correr na sua direção, mas José me conteve. Ficamos ouvindo um pouco a conversa. Ele não parecia nem um pouco aflito, como nós. Na verdade, estava seguro de si. Havia outros meninos fazendo o exame de admissão à idade adulta. Todos deviam ouvir atentamente as lições dos mestres e, depois, responder a algumas questões. Mas Jesus, de modo um pouco atrevido, interrompia o mestre e fazia mil perguntas. Conhecíamos esse seu costume. Algumas das perguntas eram aquelas que deixamos de responder e que ele nunca esqueceu: "Por que se vendem coisas no Templo, se deve ser uma casa de Deus, uma casa de oração? Isso não deveria ser feito somente no mercado, na porta da cidade?". José me olhou e sorrimos um para o outro. Começávamos a superar um pouco a aflição. Amor e humor eram a mistura perfeita para curar nosso coração. Um Doutor da Lei respondeu: "Vende-se no

Templo apenas o que é necessário para oferecer em sacrifício. Você não acha bonito isso, Jesus?". Ele disse: "Sacrifício? Mas Deus não diz nas Escrituras, no Livro do Profeta Oseias: 'Quero a misericórdia, e não o sacrifício'?". Percebemos que os doutores ficavam maravilhados com a sabedoria do nosso filho. Uma ponta de orgulho materno invadiu meu coração. Estávamos muito admirados.

Quando terminou aquele momento de perguntas e respostas fomos até ele e tentamos ser firmes: "Meu filho, que nos fizeste? Eis que teu pai e eu andávamos à tua procura cheios de aflição". Ele deu um sorriso, olhou no mais fundo dos nossos olhos, como nunca antes havia feito e respondeu com outra pergunta, como era de seu costume: "Por que vocês me procuravam? Não sabiam que devo ocupar-me das coisas de meu Pai?".

Entendemos perfeitamente que éramos nós que estávamos perdidos sem ele, mas não entendemos muito bem o que ele nos disse. Existem coisas que apenas o tempo ajuda a digerir. Voltamos para Nazaré e ele continuava sendo obediente como sempre. Eu guardava todas essas coisas no coração. Jesus crescia em estatura, em sabedoria e em graça diante de Deus e de toda a nossa pequena comunidade. Na capital, alguns mestres e doutores comentavam: "Aquele jovem nazareno tem algo de especial. Muito esperto o menino. Mas, afinal, pode vir algo bom de Nazaré?". Nossa região não tinha fama de piedosa e nem de ser a origem de profetas. Éramos gente simples do interior. E logo se esqueceram do fato.

Capítulo 10

O FILHO PARTE EM MISSÃO

Ouvimos falar que João, o filho de minha prima Isabel havia se tornado um profeta que vivia às margens do rio Jordão e anunciava um batismo de penitência e conversão. Nos últimos anos, mesmo indo para Jerusalém para a festa da Páscoa, não o encontramos mais. Jesus havia se tornado um homem, como seu pai, José. Era meu companheiro de todas as horas, desde que José faleceu, quando Jesus tinha 20 anos de idade. Foi um momento muito difícil para mim. Desaparecia o homem que me deu afeto e segurança durante todo aquele tempo. Eu estava com 35 anos. Já não tinha meus pais nem o meu amado, justo e puro José. Éramos apenas Jesus e eu... eu e Jesus. Continuamos vivendo nosso ritmo cotidiano e anual, como de costume. Mas Jesus assumiu o posto de chefe da casa.

Foram dez anos nessa mesma rotina. Jesus já se tornara um hábil carpinteiro, como seu pai. Era também um dos mais assíduos frequentadores da Sinagoga. Já não me fazia perguntas. Agora era eu quem perguntava mil coisas para ele e ficava encantada com a sabedoria que saía de seus lábios. Vez por outra lembrava das palavras do anjo Gabriel, da profecia de Isabel, da prece do velho Simeão, da profetiza Ana, da admiração dos sábios do Oriente. Em uma caixinha escondida, ainda conservava aquelas pepitas de ouro, grãozinhos de incenso e a mirra que havíamos recebido como presentes. Deus tinha um propósito com tudo aquilo e era preciso deixar cada coisa acontecer a seu tempo. Mas parecia demorar um pouco. Quase nada em Jesus se parecia com o Messias descrito nas Escrituras. Era um trabalhador galileu de mãos calejadas e pele queimada pelo sol; forte como qualquer trabalhador braçal. Bonito... como costumavam comentar as mulheres na fonte imaginando que eu não estivesse ouvindo...

João era totalmente diferente. Vivia uma vida consagrada. Era reconhecido como profeta. Alimentava-se de gafanhotos e mel silvestre. Convocava todos à conversão e à solidariedade. Muitos iam até ele pedir conselhos. Alguns chegavam a achar que ele poderia ser o Messias esperado. Mas certa ocasião ele disse: "Eu vos batizo com água, mas eis que vem outro mais poderoso que eu a quem não sou digno de lhe desatar as sandálias; ele vos batizará no Espírito Santo e no fogo". Era comum que ele fizesse também algumas denúncias. Uma delas era contra o fato de Herodes ter tomado como mulher a esposa de seu irmão e outra pelos crimes que praticara. Isso colocava sua vida em risco. Além disso, ele tinha se tornado um crítico dos líderes religiosos, principalmente dos fariseus e dos saduceus.

Certo dia, Jesus me disse que tinha o desejo de encontrar seu primo nas margens do rio Jordão e fazer o gesto penitencial de receber o batismo, o mergulho de humildade. Fomos juntos. Aproveitaríamos para subir a Jerusalém e Belém e visitar os parentes, como era nosso costume. Lembro-me bem daquele dia. Fiquei olhando de longe. Ele entrou na fila dos penitentes. Quando chegou sua vez, João o reconheceu e ficou desconcertado. Não queria batizá-lo: "Eu é que deveria ser batizado por você e você vem a mim?". Mas Jesus olhou firme nos seus olhos, com aquele olhar de fogo que eu conhecia muito bem e respondeu: "Deixa por agora, pois convém que cumpramos a justiça completa". Então João cedeu e mergulhou meu filho nas águas do rio Jordão. Nesse momento ouvi um trovão em um dia de céu claro, com apenas uma nuvem. Uma pomba voava solitária. Escutei uma voz dizendo: "Eis meu Filho muito amado em quem ponho minha afeição". Então entendi que estava chegando o tempo em que muitas coisas aconteceriam. As profecias se aproximavam.

Voltei para Nazaré com alguns parentes que também tinham ido buscar o batismo de João. Jesus resolveu ficar morando provisoriamente nos arredores de Jericó e acompanhar a missão de seu primo João. Pensei que ele logo voltaria para Nazaré. Mas não foi assim. Desde o dia do batismo no Jordão, Jesus ficou completamente transformado. Estava cada vez mais cheio da força do Espírito Santo. Todos ficavam admirados com sua sabedoria. Ele costumava repetir um anúncio parecido com o de João: "Completou-se o tempo e o Reino de Deus está próximo; fazei penitência e crede no Evangelho".

João costumava falar de Jesus aos seus discípulos. Certo dia, dois deles foram perguntar ao meu filho: "Onde moras?". Ele respondeu simplesmente: "Vinde e vede". Passaram o dia com ele. Um deles era André, que contou tudo ao seu irmão, Simão, dizendo ter encontrado o Messias. Os dois eram naturais de Betsaida e contaram tudo a um conterrâneo chamado Felipe, que encontrou Jesus pelo caminho e que lhe disse: "Segue-me". Felipe contou a novidade a um amigo chamado Natanael e este não acreditou que um profeta poderia vir de Nazaré. Mas quando encontrou Jesus tudo mudou. Aos poucos Jesus começou a ser comentado entre os discípulos de João Batista.

Como era comum para muitos penitentes, Jesus quis passar ali nas redondezas quarenta dias no deserto em um tempo intenso de jejum e oração. Mais tarde me contou que o tempo no deserto foi de provação e de combate espiritual; o espírito maligno tentou afastá-lo dos seus propósitos mais sagrados. Não deu certo. Apenas confirmou ainda mais a sua missão.

Ao voltar do deserto ficou sabendo que João havia sido preso. Uma santa indignação tomou conta de meu filho. Mas ele preferia a via do silêncio. Percebeu que seria perigoso ficar na Judeia. Resolveu, então, voltar para a Galileia e pregava por toda a região, especialmente em Cafarnaum e nas margens do Mar de Tiberíades. Foi grande a alegria do reencontro. Pensei que nossa vida voltaria ao "normal". Mas não foi assim. Alguns discípulos já costumavam acompanhar meu filho. Definitivamente, alguma coisa havia mudado naquele jovem galileu e eu, em meu íntimo, sabia que nunca mais voltaria a ser como antes.

Foi então que chegou o convite para aquele casamento em Caná, a dez quilômetros de Nazaré, na direção do Mar da Galileia. Fomos todos juntos para a festa, Jesus, alguns de seus discípulos e eu. O casal era um pouco nosso parente; gente simples e pobre como nós. O que ninguém imaginava é que pudesse faltar vinho. A festa poderia ser um fracasso. Como estava ajudando nos afazeres, logo percebi e tranquilizei os servos. Sabia que meu filho teria a solução. Por isso disse a eles: "Façam tudo o que meu filho disser". Eles seguiram a orientação. Quando eu revelei o problema a Jesus, ele foi direto como de costume: "Mãe, não é da nossa competência... minha hora ainda não chegou". Fiquei observando a distância. Apesar de suas palavras, ele foi até os servos e mandou buscar seis talhas cheias de água. Depois abençoou e mandou levar ao chefe dos serventes, que ficou muito surpreso com o sabor da água transformada em vinho. Não sabia de onde vinha. A festa continuou. Foi o primeiro milagre de Jesus, e os seus discípulos ficaram maravilhados. Depois ele foi para Cafarnaum com seus seguidores e eu voltei para casa, com nossos parentes.

Em um sábado, meu filho veio a Nazaré e entrou na Sinagoga e, como era seu costume, levantou-se para ler a Escritura. Mas naquele dia foi diferente. O texto era do profeta Isaías e dizia: "O Espírito do Senhor está sobre mim, porque me ungiu; e enviou-me para anunciar a Boa--Nova aos pobres, para sarar os contritos de coração, para anunciar aos cativos a redenção, aos cegos a restauração da vista, para pôr em liberdade os cativos, para publicar o ano da graça do Senhor".

Lembro-me bem de que todos estavam em completo silêncio com os olhos fixos nele. Ele enrolou calmamente o livro e olhou para as pessoas. Aquele silêncio parecia eterno. O que meu filho diria? Parecia pensar bem e medir as palavras que dividiriam sua vida em duas, antes e depois daquele dia: "Hoje se cumpriu este oráculo que vós acabais de ouvir".

No início, todos ficaram admirados com as palavras de sabedoria e graça que ele pronunciava. Mas, aos poucos, alguns começaram a dizer: "Não é este o filho de José, o carpinteiro? Não é Maria sua mãe? Não são seus irmãos Tiago, José, Simão e Judas? Suas irmãs não vivem todas entre nós? De onde lhe vem, pois, tudo isso?".

Jesus enfrentou esses comentários dizendo: "Sem dúvida me citareis este provérbio: Médico, cura-te a ti mesmo; todas as maravilhas que fizeste em Cafarnaum, segundo ouvimos dizer, faze-as também aqui na tua pátria. Em verdade vos digo: nenhum profeta é bem-aceito na sua pátria. Em verdade vos digo: muitas viúvas havia em Israel, no tempo de Elias, quando se fechou o céu por três anos e meio e houve grande fome por toda a terra; mas a nenhuma delas foi mandado Elias, senão a uma viúva em Sarepta, na Sidônia. Igualmente havia muitos leprosos em Israel, no tempo do profeta Eliseu; mas nenhum deles foi limpo, senão o sírio Naamã".

Nesse momento todos ficaram cheios de cólera na Sinagoga. Fiquei aflita. Levantaram-se e lançaram-no fora da cidade; conduziram-no até o alto do monte e queriam precipitá-lo dali abaixo. Mas ele calmamente passou por entre eles e retirou-se.

Quando chegamos em casa, ele me disse que era preciso seguir o seu caminho e fazer uma jornada mais longa e definitiva. Não entendi muito bem, pois desde o batismo ele havia se tornado um pregador itinerante. Falei que sempre estaria ali quando ele precisasse de um lar. Naquele dia fiquei com o coração apertado. Ele juntou poucas coisas em sua mochila de peregrino para sair por um caminho que não era o costumeiro. Antes, porém, olhou em meus olhos e deu-me o carinhoso beijo nas mãos. Trocamos preces de bênção. Os olhos marejados deixavam turva a imagem. Subi ao terraço e fiquei contemplando ele desaparecer no caminho. Sabia que estava retornando para Cafarnaum, onde conhecia alguns discípulos de João Batista que já costumavam segui-lo. Não tinha a mínima ideia de quando ele voltaria. É assim... criamos os filhos para o mundo e com Jesus não foi diferente. Coração de mãe é especialista quando se trata de saudade. Vinte anos com José, dez anos sozinha com Jesus e agora... na companhia de Deus.

Capítulo 11

MÃE DO FAMOSO MESTRE DA GALILEIA

Os dias passavam com a mesma rotina. Mas a vida solitária na casa de Nazaré deixava um imenso vazio. A saudade só não foi maior porque todos os dias ouvia as notícias vindas de Cafarnaum sobre Jesus. Aquela cidade ficava a cerca de cinquenta quilômetros de Nazaré. Na fonte, as mulheres me contaram o que aconteceu logo que ele chegou ao seu destino. O fato se espalhou por toda a região. Como era seu costume, certa ocasião Jesus foi à Sinagoga da cidade onde ensinava com autoridade. Naquele dia, entre os participantes havia um homem possuído por um espírito imundo que começou a gritar e desafiar meu filho. Jesus, então, ordenou com autoridade: "Cala-te e sai desse homem!". No mesmo momento, o homem ficou liberto. Todos ficaram impressionados com aquilo e a fama de Jesus começou a se espalhar cada vez mais.

Na Sinagoga, Tiago e João, filhos de Zebedeu, acompanhavam tudo com muita atenção. Depois, convidaram Jesus para uma refeição na casa que ficava logo em frente e na qual morava Simão, o sócio de Zebedeu em uma empresa de pesca, e seu irmão André. Quando entraram, perceberam que havia um problema. A sogra de Simão estava com febre alta e grande mal-estar. Pediram que Jesus fizesse algo. Ele impôs as suas mãos e, mais uma vez, deu uma ordem para que a febre fosse embora. Então, a mulher ficou completamente curada, levantou-se e começou a preparar a refeição.

Esses fatos ganharam tamanha repercussão que, ao final da tarde, o lugar estava repleto de enfermos da região. Jesus repetia sobre todas aquelas pessoas o gesto de impor as mãos e rezar. Muitos eram curados e libertos de espíritos malignos. Ele passou a noite na casa daquele empreendedor da pesca, que, por sinal, estava muito impressionado com tudo o que vira e ouvira. Aquele foi um dia muito cansativo para meu filho.

No dia seguinte, logo ao amanhecer, Jesus resolveu tirar um tempo de silêncio, repouso e oração em um lugar mais afastado de Cafarnaum. Uma pequena multidão, no entanto, o encontrou e insistiu para ele não ir embora. Mas ele disse que precisava continuar seu caminho em outras cidades; afinal, era um pregador itinerante e não poderia ficar em apenas um lugar. Assim, ele continuou pregando por diversas Sinagogas da Galileia. Por onde passava, leprosos e paralíticos, cegos e surdos, todos eram curados. Ao curar, Jesus dizia: "Teus pecados estão perdoados".

Havia, ainda, aqueles que olhavam tudo isso com desconfiança. Apesar de fazer apenas o bem, alguns escribas e fariseus comentavam: "Quem é esse homem que profere blasfêmias? Quem pode perdoar pecados a não ser apenas Deus?". Jesus conhecia seus pensamentos e os enfrentava com determinação.

Na beira do Mar da Galileia, Jesus ensinava e chamava discípulos para o seguirem. Os primeiros foram os sócios Simão, André, Tiago e João, que já conheciam Jesus desde aqueles dias de pregação nos arredores do rio Jordão, por ocasião do batismo. Desta vez meu filho se aproximou e lhes disse palavras de conforto num dia em que a pesca havia sido um fracasso: "Avancem para águas mais profundas". Deu certo. O carpinteiro de Nazaré ensinava experientes pescadores de Cafarnaum a pescar. Simão ficou muito impressionado. Era um homem rude e forte, mas de coração extremamente bom. Ele confessou que era um pecador, e Jesus lhe disse: "De hoje em diante serás pescador de homens". E o grupo passou a seguir meu filho, que costumava chamar Simão de "Pedro".

Até um cobrador de impostos chamado Levi levantou-se da coletoria e seguiu Jesus, que passou a chamá-lo de Mateus. O homem tinha muitas posses e deu um banquete para meu filho. É fácil entender que as críticas aumentaram ainda mais da parte dos fariseus justamente por Jesus ser um profeta diferente que fazer refeição com os publicanos e pecadores. Muitos discípulos o seguiram, então ele escolheu doze e os chamou de apóstolos.

Jesus pregava um caminho de felicidade por uma vida simples e sóbria e denunciava todo tipo de idolatria da riqueza, prazer e poder. Suas palavras exaltavam a misericórdia e o amor, até aos inimigos. Ensinava a deixar os julgamentos nas mãos de Deus. Dizia coisas que as pessoas não entendiam muito bem, por exemplo: "Os últimos serão os primeiros", "Quem quer ganhar a vida vai perder, mas quem aceitar perder vai ganhar", "A porta da salvação é estreita e larga é a porta da perdição". Com frequência, ele subia à montanha para rezar sozinho. Certa ocasião, pediram que lhes ensinasse os segredos da oração e ele ensinou a prece mais profunda e bela de todos os tempos: "Pai nosso...". Falava que era preciso ouvir a Palavra e praticá-la, caso contrário seria como uma casa construída sobre a areia, que desmorona ao primeiro vento.

Os discípulos que o seguiam mais de perto também presenciavam outros sinais e prodígios, como naquele dia em que ordenou ao mar para se acalmar quando a barca deles parecia afundar durante uma tempestade. Eles se perguntavam: "Quem é esse homem a quem até os ventos e o mar obedecem?". Quando estavam sozinhos, ele orientava como deveriam fazer ao sair em missão. Ensinava a levar pouco peso pelo caminho e a saudar as pessoas com o dom da paz. Aos poucos, eles iam percebendo que o Reino não era apenas de fama... seria preciso muita renúncia para seguir de perto o profeta de Nazaré.

No entanto, havia quem o procurasse apenas pelo interesse de receber algum benefício imediato. Ele, por sua vez, elogiou a fé de um centurião romano. Posso imaginar as críticas dos piedosos e observantes fariseus. Criticavam João Batista pela radicalidade do seu jejum e Jesus por comer com os pecadores. O primeiro chamavam de possesso e o segundo de comilão e beberrão. Toda profecia incomoda.

Na prisão, João, o batizador, ouvia da boca de seus discípulos todas essas coisas. Então, ele os enviou até Jesus para perguntar se ele era o Messias. Jesus simplesmente apontou para as pessoas ao redor e respondeu: "Digam a João que os cegos veem, os surdos ouvem e os paralíticos andam". João entendeu que o Reino esperado havia chegado.

Tudo isso se falava sobre meu filho. Eu ouvia, em prece, cada história e guardava os fatos em meu coração de mãe.

Capítulo 12

MÃE DE UM PROFETA ATREVIDO

Continuávamos ouvindo muitas coisas a respeito de Jesus na pacata Nazaré. Aliás, ele era assunto, no norte de Israel, em toda a Galileia e até mesmo no sul, na Judeia. Seu nome começava a ser conhecido entre os poderosos de Jerusalém. Da minha parte, ouvia tudo e transformava em prece. Sabia que deveria acompanhar com a força da oração cada um de seus passos. Isso fazia eu senti-lo muito perto de mim. Meu lado humano também falava muito alto. Sentia certo temor quando ouvia dizer que ele tinha feito críticas fortes a cidades importantes como Betsaida e Cafarnaum, por presenciarem tantos milagres e não se converterem. Ele louvava publicamente a Deus por revelar as coisas mais essenciais aos simples e esconder dos sábios e entendidos. É claro que os doutores e mestres da Lei não gostavam nem um pouco de ouvir as críticas do profeta da Galileia. Revelou aos pobres que o seguiam que seu coração era manso e humilde e que vinha para dar repouso e não intensificar as cobranças tão típicas dos fariseus. Entre os parentes havia que considerasse tudo isso muito estranho. Afirmavam que ele se dedicava tanto à missão que sequer tinha tempo para se alimentar. Os mais críticos diziam que meu filho havia enlouquecido.

    Com todos esses comentários, cresceu em mim o desejo de ir até ele... ver com meus olhos, ouvir com meus ouvidos, uma vez que sempre o senti muito perto com meu próprio coração. Antes mesmo de ele sair de casa, eu já era sua discípula. Ensinei a ele tudo o que sabia, mas desde aquele dia no Templo, quando o vi tão jovem discutindo com os doutores, senti que era ele quem tinha mais para me ensinar. E assim começou a acontecer. Meu filho me confidenciava coisas maravilhosas que ouvia em seu interior. Aprendeu a chamar José de pai, mas depois que ficamos somente ele e eu. Após a morte de José, ele continuou falando de Deus como seu Pai. Percebi que, em suas costumeiras orações, ele estava mais espontâneo e falava com grande intimidade com Deus... demorava cada vez mais. Passava algum tempo no terraço em silêncio. Era um judeu orante.

    Naquele dia fui até a beira do Mar da Galileia acompanhada de alguns parentes, que Jesus reconhecia como verdadeiros irmãos. De longe era possível ver uma pequena multidão e muitos outros que vinham de todas as direções. Ninguém percebia quem éramos, pois estavam ocupados em ir até o profeta dos prodígios e milagres. Não conseguimos chegar muito perto, mas era possível notar que havia gente de todo tipo: doentes, curiosos, discípulos e um grupo de críticos formados por fariseus e mestres da Lei. Era possível perceber em seus rostos que não estavam satisfeitos com tudo aquilo. Do meio da multidão ouvi uma mulher gritar para meu filho: "Feliz o ventre que te gerou e os seios que te amamentaram". Neste momento se fez um silêncio profundo. Ouvi ao longe a voz forte do meu filho responder para a mulher: "Antes felizes aqueles que ouvem a Palavra de Deus e a colocam em prática". Sorri para mim mesma. Ele continuava igual. Sempre me dava esse tipo de resposta desconcertante nos dez anos em que ficamos sozinhos em Nazaré. Lembro-me de uma vez em que eu lhe disse que era muito feliz por ter um mestre particular. Naquele dia ele me respondeu: "Será mais feliz ainda se praticar a lição". Na verdade, eu não estava ali por ser a mãe do Messias, mas por ser discípula e praticante de sua Palavra. Não entendi de forma alguma sua fala como um desprezo à sua origem. Era como se ele dissesse: "Felizes são aqueles que ouvem a Palavra de Deus e a colocam em prática, como minha mãe".

Estava envolvida nesses pensamentos quando alguém se aproximou e nos reconheceu. Perguntou se não queríamos chegar mais perto de Jesus. Fiquei em silêncio, mas os parentes estavam muito curiosos e aceitaram o convite. A multidão percebeu que éramos da família do profeta e abriu uma passagem. Mesmo assim não era possível entrar no lugar em que Jesus estava, por causa da multidão lá dentro. Mas era possível escutar claramente sua voz. A certo momento ele parou de falar e alguém lhe deu a notícia: "Tua mãe e teus irmãos estão ali fora e querem falar-te". Ele, mais uma vez, respondeu da maneira que eu já imaginava: "Quem é minha mãe e quem são meus irmãos?". Apontou para as pessoas ao redor, especialmente os discípulos, e continuou: "Eis aqui minha mãe e meus irmãos. Todo aquele que faz a vontade de meu Pai que está nos céus, esse é meu irmão, minha irmã e minha mãe". Lembrei-me daquele dia em que havia dito o meu "faça-se" para o anjo Gabriel. Foi o momento em que fiquei grávida da Palavra de Deus. Entendi que aquele tinha sido apenas o primeiro passo e que continuaria para sempre. Todo aquele que ouve e pratica a Palavra de Deus fica grávido do céu, torna-se mãe, irmão e irmã de Jesus. Eu era a sua mãe na carne pela ação da Graça, mas havia me tornado mãe-discípula, a cada dia praticando a vontade de Deus. Jesus sabia muito bem de tudo isso e, naquele momento, entendi suas palavras como um discreto elogio de filho. Eu estava ali mais por ser sua discípula do que por ser sua mãe.

Ao final da tarde finalmente conseguimos chegar perto de Jesus. Ele me deu o carinhoso beijo nas mãos e eu senti que continuava vivo nele o mesmo menino de Nazaré. Os seus irmãos, porém, questionavam por que ele ia tão pouco em casa. Ele lhes disse que logo voltaria à terra Natal. Retornei para o lar com o coração um pouco mais tranquilo, tendo conhecido mais de perto a bela missão de Jesus.

De fato, não passou muito tempo e ouvimos falar que Jesus se aproximava de Nazaré. Meu coração acelerou. Em nosso povoado não havia apenas elogios ao profeta da Galileia. As críticas eram cada vez mais frequentes. Era sábado e ele chegou com um grupo de discípulos. Todos estavam na Sinagoga, que naquele dia reunia boa parte do povoado. Ele ensinava com sabedoria. Mas os familiares pareciam preferir as críticas. Naquele dia aconteceram poucos milagres.

Ele ficou alguns dias comigo em Nazaré. Por um momento era como se tudo voltasse ao normal. Mas eu sabia que seria por pouco tempo. Sua casa eram as estradas do mundo. Contou-me tantas histórias e abriu seu coração, como costumava fazer desde criança. Falou-me dos seus sonhos e até de seus medos. Era bonito ver um homem forte e respeitado mostrar sua fragilidade e pedir um colo de mãe.

Foi então que recebemos uma notícia terrível. Alguns discípulos de João Batista vieram dizer que ele havia sido covardemente morto por Herodes. Contaram a história de como tudo aconteceu. Meu filho foi para o terraço e transformou lágrimas em prece. Os discípulos alertaram Jesus que o nome dele já chegara aos ouvidos de Herodes que imaginava ser João Batista que ressuscitara e por isso fazia tantos milagres. Sua vida corria risco e era melhor ser mais prudente em sua missão.

Meu filho, porém, não se intimidou e voltou para os arredores do Mar da Galileia e continuou cercado pela multidão. Ensinava, curava, multiplicava pão, andava sobre as águas. Era criticado cada vez mais pelos fariseus a quem chamava de hipócritas.

Mas algo havia mudado no tom do discurso dele. Começou a insistir mais nos desafios da missão. Dizia que, mais que o pão da terra, devemos buscar o Pão do Céu; mais do que uma cura qualquer precisamos da salvação eterna. Causou um certo escândalo quando disse na Sinagoga de Cafarnaum que daria de comer a sua carne e de beber seu próprio sangue. Disse ainda: "Aquele que comer a minha carne viverá eternamente". Nem os discípulos entendiam o que ele queria dizer com aquelas palavras. A multidão começou a ir embora e até muitos discípulos o abandonaram. Então ele perguntou aos doze: "Vocês também querem ir embora?". Pedro respondeu com firmeza: "A quem iríamos? Só tu tens palavras de vida eterna e sabemos que és o Santo de Deus". Naquele dia, Jesus revelou que existia um traidor entre os doze, Judas, filho de Simão Iscariotes.

Neste momento de crise ele resolveu levar seus apóstolos para um lugar chamado Cesareia de Felipe, no alto das montanhas a cerca de sessenta quilômetros de Cafarnaum. Em meio às fontes e imensos rochedos daquele lugar, Jesus fez uma pergunta importante aos seus seguidores mais fiéis: "Quem dizem que eu sou?". Eles deram várias respostas. Mas, depois de muito debate, Jesus fez a pergunta fundamental: "Mas, para vocês, quem eu sou?". O silêncio foi interrompido por Pedro dizendo com convicção: "Tu és o Cristo". Diante dessa confissão de fé, Jesus elogiou Pedro: "Feliz é tu, Simão, filho de Jonas, porque não foi a carne nem o sangue que te revelou isso, mas meu Pai que está nos céus. E eu te declaro: tu és Pedro, e sobre essa pedra construirei a minha Igreja; as portas do inferno não prevalecerão contra ela. Eu te darei as chaves do Reino dos Céus e tudo o que ligares na terra será ligado nos céus e tudo o que desligares na terra será desligado nos céus". Pediu para guardarem segredo sobre tudo isso e começou a descrever os desafios da missão que exigia ir até Jerusalém e sofrer uma grande provação. Pedro não entendia essa parte. Colocou-se na frente de Jesus e tentou tirar a ideia de sua cabeça, mas foi repreendido: "Afasta-te de mim, Satanás! Tu és uma pedra de tropeço para mim!".

    Havia um grupo mais íntimo de Jesus, mesmo entre os doze: Pedro, Tiago e João. Diante da dificuldade de entender os mistérios do céu na terra, Jesus os levou para o alto de um monte chamado Tabor e transfigurou-se à vista deles. Pedro ficou maravilhado com a visão de Jesus conversando com Moisés e Elias, mas não gostou do assunto: de que morte ele haveria de morrer. Preferia ficar ali para sempre acampado na mística. Mas Jesus mandou descer e seguir caminho. Estavam indo para Jerusalém.

Capítulo 13

MÃE DE UM HOMEM PERSEGUIDO

Ele poderia ter ficado na Galileia e estacionado no sucesso das curas e dos prodígios. Mas esse não seria meu filho. Além disso, o conflito com os nossos parentes era cada vez mais forte. Lembro-me muito bem de certa ocasião, quando se aproximava a festa dos Tabernáculos, seus "irmãos" o provocaram para deixar a Galileia e ir pregar na Judeia. Vi naquele fato uma atitude maldosa para colocar em risco a vida de meu filho. Eles sabiam o perigo que isso significava. Ele deixou que eles fossem e depois foi também, mas discretamente. Porém, acabou percebendo que sua pessoa era um assunto polêmico na capital. Alguns o defendiam e outros o acusavam. No meio da festa, ele começou a ensinar no Templo, como era seu costume. O resultado é que se tornou um homem perseguido e procuravam prendê-lo. Mas não o encontraram, pois não havia chegado sua hora. Na época das grandes festas era comum viajarmos em caravana para Jerusalém. Fazíamos isso desde o nascimento de Jesus. Mas agora as coisas estavam ficando mais perigosas.

Entre os seguidores mais fiéis de meu filho havia algumas mulheres como Maria de Magdala; Maria, mãe de Tiago e de José; Salomé; Joana, mulher de Cuza, procurador de Herodes; Susana e muitas outras que o auxiliavam com suas posses. Aos poucos fui me juntando a essa caravana, mas procurava manter um silêncio orante. Sabia que o meu lugar era de discípula. Algo muito novo estava acontecendo naqueles caminhos. Era maravilhoso ver que, a cada lição de Jesus, o grupo ia amadurecendo. Não estavam mais ali por causa de milagres e prodígios. Sonhavam com um mundo diferente, um Reino dos Céus que começava nesta terra. Além das tradicionais orações de bênção, começamos a rezar juntos a prece que meu filho ensinou e que chamava Deus de "Paizinho".

Era bonito ver os discípulos saírem em missão estimulados por Jesus e voltarem com aquela alegria estampada na face pelos frutos. Ele os educava para um futuro que deveria ser sem a sua presença física. Eu havia educado aquele filho para a autonomia e ele fazia o mesmo com seus discípulos.

Não faltavam embates com os fariseus, que se tornavam cada vez mais ousados e até violentos. A oposição crescia à medida que nos aproximávamos de Jerusalém. Ele não escondia essa realidade de seus apóstolos. Quando estavam a sós, ele revelava que seria condenado à morte, crucificado, mas que ao terceiro dia ressuscitaria. Eles ouviam, porém sem entender totalmente o significado daquelas duras palavras.

Jesus também ficava triste. Uma das maiores tristezas não vinha da perseguição dos fariseus, mas da disputa entre seus próprios discípulos que discutiam para ver quem era o maior e o melhor. Havia uma disputa de cargos entre eles. Isso criava um clima de discórdia e Jesus procurava manter a coesão do grupo dizendo que, no Reino de Deus, reinar é servir e servir é dar a vida. Essa é a verdadeira realeza. Eles não entendiam muito bem que ele se referia ao serviço do seu suor, lágrima e sangue pela salvação da humanidade.

Naquele ano, a chegada em Jerusalém foi totalmente diferente. Ele já era muito conhecido, especialmente pelo povo simples, e o acolheram como um rei. Jesus montou em um jumentinho e eles o aclamavam com ramos de oliveira, aos gritos: "Hosana ao filho de Davi. Bendito o que vem em nome do Senhor. Hosana no mais alto dos céus". Parecia que todo o perigo havia passado. Mas não foi bem assim. Jesus teve uma atitude de muita autoridade durante uma pregação expulsando do Templo algumas pessoas que estavam explorando o povo fazendo daquele um lugar de comércio. Nem todos entenderam sua atitude.

A pequena Betânia, nos arredores de Jerusalém, era um lugar de repouso para meu filho. Ali os irmãos Lázaro, Marta e Maria o acolhiam sempre com muita alegria. Jesus tinha muitos amigos, mas Lázaro era diferente. Eles conversavam muito. Eu estava presente no dia em que Lázaro morreu e meu filho o chamou para fora do túmulo. Foi impressionante. Antes, porém, quando soube da notícia, ele simplesmente chorou. Mesmo sabendo dos desígnios de Deus, meu filho não tinha vergonha de chorar. Mostrar suas fragilidades era uma de suas grandes fortalezas.

Contou muitas histórias e ensinou muitas coisas. Olhando para Jerusalém, certa vez, ele lamentou: "Jerusalém, Jerusalém, que matas os teus profetas...". Eu via todas essas coisas e escutava todas essas palavras e as guardava no meu coração orante. Sabia que ele estava cumprindo a sua missão e que logo chegaria a sua hora. Jesus repetia sempre: "Vigiai e orai". Começou a falar também do juízo final e de tudo o que aconteceria no fim dos tempos e de como estaria para sempre presente em todos os famintos, enfermos, sedentos e prisioneiros. O céu se abriria para aqueles que soubessem acolhê-lo em cada irmão. Lição difícil que a humanidade teria dificuldade de entender em todos os tempos: o mesmo Deus, que se fez frágil na criança de Belém, continuaria presente nos pobres desta terra. Todos são filhos no meu colo de mãe.

Capítulo 14

MÃE DE UM DEUS CONDENADO

Tudo aconteceu tão rápido... e ao mesmo tempo aqueles dias pareciam uma eternidade: a última Páscoa do meu filho. Eu estava lá, acompanhando cada um de seus passos. Ouvia falar da conspiração dos sacerdotes e entendi a atitude daquela mulher de Betânia que derramou perfume em sua cabeça como prenúncio de sua paixão e morte. Judas Iscariotes ficou indignado com esse gesto e disse que o dinheiro poderia ser poupado para dar aos pobres. Aos poucos ficava clara sua intenção de trair meu filho. Aliás, ele fazia parte de uma conspiração armada por sacerdotes e escribas.

Tudo ficou muito claro na última ceia. No meio da refeição de Páscoa, naquela quinta-feira, meu filho fez a revelação: "Um de vocês irá me trair". Percebi a reação desconcertada de cada um dos doze que estava à mesa. Junto a outras mulheres eu observava tudo, sempre orante, a distância, conforme o costume do nosso povo.

Era uma noite feliz. Estávamos cantando os salmos típicos da Ceia Pascal, o *Hallel*. Jesus novamente falou das dificuldades que estavam para vir. Falou até que eles ficariam escandalizados por causa dele. Pedro reagiu dizendo que nunca se escandalizaria. Jesus lhe disse que, antes que o galo cantasse duas vezes, três vezes Pedro o negaria. E assim aconteceu.

Acompanhei seus passos naquela noite no jardim da agonia. Nunca o tinha visto tão triste e angustiado. Meu coração de mãe ia sofrendo cada passo em total comunhão com ele, sangue do meu sangue, carne da minha carne, coração do meu coração. Eu vivia aquela paixão com ele. Levei um susto quando os soldados chegaram e Judas deu-lhe um beijo de traição.

Prenderam meu filho.

Os instantes seguintes foram terríveis. Uma noite passada em claro pensando no que estariam fazendo contra ele. Havia ficado muito próxima do apóstolo João e também de Maria Madalena. Começamos a andar juntos por todo lugar por onde levavam Jesus, de Anás a Caifás e, finalmente, diante de Pilatos. Foi terrível ver a mesma gente que o aclamara com o "Hosana" agora gritar "Crucifica-o". É muito fácil manipular a voz de um povo!

Soltaram um bandido em seu lugar. Eu contemplava tudo atentamente. Pilatos queria que ele desse uma resposta de sabedoria, por causa de sua fama de mestre; Herodes, por sua vez, queria que ele fizesse um milagre. Pouco disse. Nada fez. Os sacerdotes e magistrados do povo pressionaram Pilatos para que proclamasse a condenação final. Diversas vezes ele tentou mudar sua sentença, mas eles insistiam que aquele homem deveria ser morto. Estavam cegos pelo ódio. Vi meu filho machucado e ridicularizado em público. Estava irreconhecível. Unia minhas lágrimas de mãe ao sangue de meu filho.

O caminho da cruz parecia mais longo do que qualquer uma das peregrinações que fiz em toda a minha vida. Os passos eram pesados. Queria eu mesma carregar aquela cruz, mas a colocaram nos ombros de um tal Simão de Cirene. Corri adiante, com João e Madalena. Ele iria passar por ali. Um pouco mais abaixo havia mulheres em pranto impressionadas com a cena de horror. Ele olhou para elas e disse ofegante: "Filhas de Jerusalém, não choreis sobre mim, mas chorai sobre vós mesmas e sobre vossos filhos". Na verdade, ele estava rezando o Salmo 30. Mesmo no sofrimento e na dor não abandonava seu costume de homem orante, cultivado desde a infância em Nazaré.

Finalmente ele foi se aproximando do lugar em que estávamos. Fui sentindo o cheiro de suor misturado ao sangue e ouvindo o barulho dos chicotes e dos escárnios dos soldados. Quando o vi, nossos olhares se cruzaram apenas por um momento. Jesus nada falou, mas seus olhos disseram tudo. Mãe sabe ler os olhos do filho. Jamais me esquecerei daquele olhar. Um misto de fraqueza e força, tristeza e esperança, indignação e amor me fizeram ficar em pé. Continuou o caminho...

A multidão, curiosa, quase não permitia que avançássemos. João segurava minhas mãos. Olhamos um para o outro e não foi necessário palavras... seguimos por outro caminho para chegar até o Calvário, onde sabíamos que seria o lugar da morte. Queríamos estar com ele até o fim. Não vimos mais Madalena. Ela tinha ido buscar as outras mulheres para estar com ele junto à cruz. Tentou convencer alguns apóstolos também, mas não encontrou nenhum deles. Pedro chorava... Judas Iscariotes, vencido pelo desespero, havia tirado a própria vida. Era uma noite terrível. Seguimos levados pela força do amor e da dor.

Capítulo 15

O NOVO FILHO JOÃO

Cheguei rapidamente ao Calvário, com João. Logo chegou também, ofegante, Maria Madalena. Ela conseguiu trazer Maria, a mãe de José e Tiago, o menor, Salomé e outras mulheres. Havia, ainda, gente de todo tipo que passava por ali, sobretudo curiosos. Alguns pareciam assistir a um espetáculo de divertimento. Seus comentários feriam meus ouvidos. Não imaginavam que a mãe do profeta condenado estava presente.

Fiquei admirada com a firmeza de João. Não era mais aquele jovem impulsivo que conheci nos arredores de Cafarnaum. Tinha um olhar diferente em relação a tudo aquilo e não largava minha mão. Juntos dávamos força um ao outro. Madalena tentava animar as outras mulheres que estavam horrorizadas com a cena.

Ouvimos o barulho dos guardas. Havia chegado a hora. Junto a Jesus vinham dois bandidos, condenados com ele. Os soldados tinham muita prática e faziam aquilo de maneira bastante profissional. Pareciam não sentir nada. Tentaram até dar uma bebida para anestesiar meu filho, mas ele não bebeu. Logo escutamos os pregos e o sangue saindo de suas mãos e de seus pés. Rapidamente o levantaram. Senti o coração sair pela boca, mas permaneci em pé. Ele podia nos ver lá do alto. A mando de Pilatos pregaram uma placa irônica sobre sua cabeça: "Jesus Nazareno Rei dos Judeus". Depois sentaram-se para um jogo de dados. Mal podia acreditar. Estavam sorteando as vestes de meu filho, inclusive uma das túnicas que eu havia tecido sem costura. Riam daquele macabro jogo. Algumas pessoas passavam por ali e também davam risadas. Outras simplesmente injuriavam ou caçoavam dele: "Desce da cruz, se és o filho de Deus". Sacerdotes, escribas, anciãos também estavam ali para se certificar de sua morte: "Salvou a outros, mas não pode salvar-se a si mesmo". Um dos ladrões crucificado com ele também o injuriava. Mas o outro parecia ainda acreditar que Jesus era o Messias: "Lembra-te de mim quando estiveres no teu reino". Meu filho, ofegante, olhou para ele e disse o que todos gostariam de ouvir um dia: "Hoje mesmo estarás comigo no paraíso".

Foi então que ele encontrou forças para olhar diretamente nos meus olhos. O tempo parou. Eram os mesmos olhos que vi naquela manjedoura em Belém. Os mesmos olhinhos travessos que me faziam perguntas que eu não sabia responder. Os mesmos lábios que sempre beijavam minhas mãos. Os mesmos pés que não se cansavam de ir até os pobres, doentes e aflitos – quantas vezes lavei aqueles pés! As mesmas mãos que abençoavam a multidão, agora imobilizadas pelos pregos da violência humana. Não era hora de compreender nada. Ficamos apenas nos olhando. Não sei quanto tempo. Já não conseguia ouvir nada ao meu redor.

Só percebia o pulsar cada vez mais rápido do coração do meu amado filho. Senti uma espada atravessar a minha alma. Entendi o que significava a profecia do velho Simeão lá no Templo. Uma força me levou a aproximar-me mais da cruz. Não havia mais medo, vergonha ou indignação. Era preciso ficar o mais próxima possível. Toquei seus pés com meus lábios. Senti que minha lágrima se misturou ao seu sangue. Estaríamos para sempre unidos na mesma paixão. Abracei aquela cruz por um instante.

Foi então que uma voz me fez voltar desse êxtase: "Mulher, eis aí teu filho". Olhei para João, que correu para me abraçar. Juntos olhamos para o alto. Ele pronunciava cada palavra com extrema dificuldade: "Eis aí tua mãe". Fiquei um tempo abraçada com João. Depois ele me olhou nos olhos e disse: "Vamos para casa, mãe?". Eu não mais queria sair dali. Fomos nos afastando aos poucos, sem tirar os olhos daquela cruz.

Jesus sentiu sede e lhe deram vinagre em uma esponja. Eu procurava rezar com ele, pois sabia que estava murmurando, com dificuldade, as frases do Salmo 21: "Meu Deus, meu Deus, por que me abandonaste?". O dia estava nublado, bastante escuro. Era uma tarde triste. Finalmente foi possível ouvir seu grito final: "Tudo está consumado". E ele entregou o seu espírito.

Ficamos mais algum tempo ali, observando a uma certa distância. Não vimos o tempo passar, mas já era a véspera do grande sábado da Páscoa. Pediram a Pilatos para retirarem os condenados dali. Para garantir que os ladrões haviam morrido, quebraram suas pernas. Mas quando chegaram a Jesus, vendo que já estava morto, um soldado transpassou seu lado como uma lança e imediatamente saiu sangue e água. Senti os olhos de João brilharem diante da cena. Mais tarde ele me revelaria tudo o que viu naquilo. Sua inteligência mística via o novo Adão dormindo na cruz e de seu lado nascer a Igreja, a nova Eva. No sangue ele viu a Eucaristia e na água o batismo. Era a fonte de Água Viva nascendo daquele lado. Ele agora entendia o cumprimento de tantas e tantas profecias: "Quando eu for elevado da terra atrairei todos a mim... olharão para aquele que transpassaram".

José de Arimateia, um homem caridoso e discípulo de Jesus, conseguiu licença para tirar seu corpo da cruz e sepultá-lo dignamente. Naquele momento, antes de ungi-lo com aloés e mirra e sepultá-lo em um sepulcro novo próximo, colocaram meu menino em meus braços. Eu o abracei com força. Colo de mãe é terno e eterno. Sentia aquele momento como a porta estreita para um mistério muito maior. Mas era preciso esperar com paciência. A semente estava na terra e apenas Deus poderia operar o milagre de fazer germinar. Voltamos para o mesmo lugar onde havíamos feito a Ceia Pascal. Desde aquele dia João começou a me chamar de mãe. Aos poucos acostumei a chamá-lo de filho. As mulheres que acompanhavam Jesus desde a Galileia ajudaram a sepultar o corpo de Jesus. Elas tiveram a ideia de preparar aromas e bálsamos. Não havia muito tempo para os ritos de unção, pois já era sexta à tarde, início do sábado em nossa tradição. Então elas combinaram de preparar os aromas e bálsamos e voltar no primeiro dia da semana, quando tivesse passado preceito do repouso do sábado. E assim foi...

Capítulo **16**

BOAS NOTÍCIAS

Aquele sábado foi um dia de silêncio. Era necessário repousar de tudo o que havíamos passado no dia anterior. Aos poucos, os onze apóstolos e os discípulos e discípulas foram se reencontrando na mesma sala em que havíamos tomado a Ceia Pascal, antecipada para quinta-feira, o Cenáculo. Isabel veio unir-se a nós e a abracei. Lembramos de tantas coisas juntas. Do modo como Jesus não gostava de acompanhar José no Templo para o sacrifício dos cordeiros e da palavra de João que o chamou de "Cordeiro de Deus". As coisas começavam a fazer todo o sentido. Aquele Calvário era um verdadeiro altar e Jesus era o sacrifício de uma nova Aliança. Recordávamos as Escrituras em tudo o que se refere ao Messias. No meu coração queimavam as palavras que ele repetira tantas vezes: "Ao terceiro dia ressuscitarei!".

Não é preciso dizer que daquele sábado para o primeiro dia da semana quase não consegui dormir. Meu coração de mãe sentia que a morte não poderia ter a palavra final. Vencida pelo cansaço, cochilei um pouco e vi meu filho sorrindo para mim de uma forma diferente, brilhante como um anjo. Era tão bom sonhar... mas fui acordada pelo ruído de Madalena, que saía no meio da noite. Desde a cruz, ela estava inconformada com tudo. Nem as interpretações místicas de João a convenciam. Havia estacionado na paixão. Perdera seu melhor amigo. Junto a ela, saíram também as outras mulheres que acompanhavam Jesus desde a Galileia. Haviam esperado passar o sábado para retornar ao túmulo com seus aromas e bálsamos. Voltei aos meus sonhos na certeza de que meu filho estava vivo pelo poder de Deus.

Logo fomos acordados pelos gritos daquelas mulheres. Voltaram do sepulcro dizendo que a pedra havia sido removida e que haviam visto anjos que afirmavam que Jesus havia ressuscitado. Os apóstolos, ainda sonolentos, não deram muito crédito. Madalena me levou para um canto e disse: "Sei que você acredita em mim. Ajude-me a convencê-los!". Apenas sorri. Sabia que ela dizia a verdade e aquelas palavras confirmavam meu sonho. João, em seu interior, também sabia que era verdade. Ele convenceu Pedro a irem correndo ao sepulcro. Chegando lá, Pedro verificou que a pedra realmente havia sido removida e que o sepulcro estava vazio. João olhou e então acreditou. Seu olhar viu a presença na ausência. A cabeça ainda não entendia o que o coração já sabia: seu amigo havia vencido a morte!

Voltaram para a casa e Madalena ficou por lá. Novamente viu anjos, mas não parava de chorar. Até que ouviu uma voz inconfundível dizendo seu nome: "Maria". Seu coração pulou. Ela olhou e o reconheceu: "Mestre". Ele lhe disse para ir anunciar que estava vivo e que eles o encontrariam na Galileia; ela saiu correndo para dar a notícia.

É claro que os guardas que cuidavam do túmulo também foram contar os acontecimentos aos príncipes dos sacerdotes. Estes, sem entender direito, ofereceram dinheiro para eles espalharem a mentira de que o corpo havia sido roubado durante a noite. Poderiam ser punidos por esse "descuido", mas tiveram garantias de que nada lhes aconteceria.

Naquele mesmo dia Jesus apareceu a Simão Pedro. Ele, no entanto, sempre foi muito discreto sobre esse encontro e evitava falar dessa aparição. Logo chegaram Cléofas e o outro discípulo que, com ele, haviam resolvido voltar para Emaús, após a morte do mestre. Estavam com o coração muito feliz e diziam ter encontrado Jesus no "Caminho". E assim as notícias vinham de todos os lugares.

Finalmente – nunca me esquecerei daquele momento – o próprio Jesus apareceu no lugar onde estávamos e disse: "A paz esteja convosco". Olhou-me e sorriu. Sem palavras nem gestos, entendi que ele repetia de modo diferente a mesma saudação de sempre em que beijava as minhas mãos e dizia: "Deus abençoe tuas mãos, mãe!". Em seguida, ele mostrou as mãos e os pés com as marcas da paixão e pediu algo para comer. Depois começou a ensinar, como sempre fazia, mostrando de que modo, com esses fatos, estavam se cumprindo as Escrituras. Isso confirmava as certezas do meu coração de mãe. Apenas Tomé não estava entre nós.

Uma semana depois, ele apareceu novamente. Apesar de as portas estarem trancadas, Jesus entrou e repreendeu a incredulidade de Tomé. Pudemos ver também a marca da lança em seu lado. Ficaram cicatrizes da paixão. Começamos a ouvir falar de muitas aparições: na Galileia, no alto de um monte, e em muitos lugares. Ouvimos dizer que apareceu a quinhentas pessoas de uma só vez. Durante quarenta dias, ele continuou aparecendo e fortalecendo a nossa fé. Mas finalmente chegou o dia da despedida. Lembro-me bem. Ele recomendou que fôssemos por todo o mundo para anunciar as boas notícias do Reino, batizando em nome do Pai e do Filho e do Espírito Santo. E deu uma garantia: "Eis que estarei com vocês todos os dias até o fim do mundo".

Após isso, subiu aos céus e não apareceu mais daquela maneira, mas deixou mil sinais e sacramentos de sua presença. Quem ama se faz presente, e meu filho estaria para sempre no meio de nós, pois era feito de puro amor.

Capítulo 17

O DIA DO FOGO

Continuávamos em Jerusalém, conforme meu filho havia orientado em suas últimas instruções: "Não se afastem de Jerusalém, mas esperem aí o cumprimento da promessa do Pai que ouvistes de minha boca, porque João batizou com água, mas vós sereis batizados no Espírito Santo daqui a poucos dias". Havia se passado mais de quarenta dias. Sentia que os apóstolos e mesmo as discípulas começavam a ficar inquietos. Certo medo tomava conta deles, pois sabiam que o discípulo poderia ter o mesmo destino do mestre. E havia uma ameaça no ar. Eu procurava passar tranquilidade e segurança para eles por meio da oração. Era isso que fazíamos, quase todo o tempo: rezar. Estava feliz. Os irmãos de Jesus, finalmente, haviam aderido ao grupo e permaneciam em oração conosco. Éramos uma grande família. Eu me sentia a mãe de todos.

Ao todo havíamos reunido mais de cem pessoas. Guardávamos o sábado, como todo judeu observante, mas o primeiro dia tinha um significado todo especial para nós por ser o dia da ressurreição de Jesus, o início de uma Nova Criação. Naquele dia repetíamos de modo muito simples o que o Mestre fizera no meio da Ceia Pascal antecipada, naquela quinta-feira. Ele ordenou: "Façam isso em memória de mim". Aquela fração do pão era um sacramento de ação de graças. Fomos entendendo o que ele queria dizer quando falava do "Pão da Vida" e quando disse que "Quem come a minha carne terá a vida eterna". Aquilo era muito mais do que uma Ceia Pascal. Era memorial antecipado do seu sacrifício na cruz. Era o ponto mais alto e a fonte de tudo.

Antes de partir o pão ouvíamos algum trecho das Escrituras e recordávamos com alegria momentos da vida de Jesus e de seus ensinamentos. Começamos a perceber, cada vez mais, a conexão entre as antigas profecias e os fatos que vivemos. Era preciso ler a vida à luz da Palavra de Deus. Tivemos muito tempo para ecoar cada palavra. Cinquenta dias.

Pedro logo assumiu seu papel de líder do grupo. Foi ele quem procurou explicar, com base nas Escrituras, o que havia acontecido com Judas Iscariotes e de como foi vítima de sua cobiça tirando a própria vida no "Campo de Sangue". Mas era preciso completar o número dos doze. Começou a indagar quem tinha estado com eles mais tempo, desde a época do batismo de João até a subida de Jesus aos céus. Ao final ficaram dois: José, chamado Barsabás, que tinha por sobrenome Justo, e Matias. Pedro conduziu um momento de oração, pedindo a Deus que fosse escolhido aquele que era de sua vontade. A sorte recaiu sobre Matias, que foi incorporado ao grupo dos doze.

Aproximava-se Pentecostes, uma das três festas mais importantes para Israel. Se a Páscoa fazia memória da libertação do Egito, Pentecostes celebrava a Aliança no Monte Sinai pelo recebimento das Tábuas da Lei. O nome de Pentecostes veio somente depois da dominação grega e recordava o quinquagésimo dia após sete semanas de semanas, ou seja, quarenta e nove dias. O nome original era Festa das Colheitas ou Semanas. Era uma festa de agricultores que já existia entre os cananeus, antes da entrada de Israel na Terra Prometida. Se na Páscoa se oferecia o cordeiro imolado no Templo, em Pentecostes era o fruto das primeiras colheitas. Era uma forma de agradecer esse dom de Deus. A primeira acontecia dentro de casa, na Ceia Pascal. A segunda era realizada no campo, ao ar livre, junto à natureza. Era bonito ver as pessoas com feixes de trigo para oferecer no Templo. E assim se celebrava o ciclo da vida. Aos poucos, Israel incorporou a essa festa a ação de graças pela Aliança com Deus e a doação da Torá, a Lei, tão sagrada para nosso povo em Israel.

Era assim que estávamos naquela sala de cima, conhecida como Cenáculo. Tudo na mesma serenidade de sempre. Mas, de repente, ouvimos um barulho como de um vento muito forte. Não é possível esquecer-se daquele momento. Um fogo do céu repousou sobre nós. Recordei o dia em que o anjo Gabriel me chamou de "cheia de graça" e revelou que o Espírito Santo me cobriria, como uma nuvem, com sua sombra. Lembrei-me da experiência mística de João ao pé da cruz quando viu sair água viva do lado aberto do meu Filho, como uma fonte do Espírito Santo. Lembrei-me também daquele sopro de Jesus após sua ressurreição sobre todos nós dizendo: "Recebam o Espírito Santo". Nuvem, Água, Sopro e agora... Fogo! Todos ficaram "cheios de graça", transbordantes de uma força do alto. O brilho dos olhos mudou e eles falavam com mais determinação e coragem. Pedro tirou a tranca da porta, que nos protegia há cinquenta dias, e fomos para a praça. A cidade estava cheia de gente de todas as línguas, raças, povos e nações. Se a Páscoa era uma festa tipicamente judaica, Pentecostes era uma celebração na qual qualquer pessoa poderia participar.

Contemplei aquela cena das pessoas maravilhadas com um povo renovado que saía do cenáculo do medo para a praça da pregação. Rudes pescadores galileus falavam e todos conseguiam compreender sua mensagem. Claro que havia os que nos criticavam dizendo que aquilo tudo era fruto de muito vinho. Eles mal podiam imaginar que essa "santa embriaguês" acompanharia todos os que se deixassem tocar pelo Fogo do Céu. Nascia um tempo novo que conheceríamos como "Igreja"! Eu estava lá, gerando novos filhos para a vida prometida por meu Filho.

Capítulo 18

A VIDA EM JERUSALÉM

Tudo mudou após o "Dia do Fogo". Aqueles tímidos e medrosos discípulos e discípulas se tornaram testemunhas corajosas de meu filho, Jesus, anunciando aos quatro ventos que ele, na verdade, estava vivo, pois Deus o havia ressuscitado dentre os mortos. Ensinavam tudo o que as Escrituras profetizaram sobre ele e de que modo cada fato havia se cumprido. Proclamavam em praça pública que Jesus estava no céu, sentado à direita do Pai, de onde enviaram seu Espírito sobre todos nós. Não tinham receio de anunciar que aquele que foi crucificado, Deus o constituiu Senhor e Cristo. Cada dia mais pessoas se sentiam atraídas por esse testemunho e perguntavam: "O que devemos fazer?" E eles respondiam: "Arrependei-vos e cada um de vós seja batizado em nome de Jesus Cristo para a remissão dos vossos pecados e recebereis o dom do Espírito Santo, conforme a promessa". E assim crescia o número dos que, após ouvirem a Palavra, recebiam o batismo e passavam a participar das reuniões de oração, sempre na aurora do primeiro dia da semana, recordando a ressurreição do meu filho. Nossa pequena comunidade crescia cada vez mais e todos partilhavam até mesmo os seus bens. Com isso, não havia necessitados entre nós. Praticamente todos os dias íamos ao Templo, que se tornou um lugar de pregação. O povo começou a ter grande simpatia por aqueles pregadores galileus. Não se importavam mais com nosso forte sotaque do interior.

Permaneci todo o tempo com João, que me chamava de mãe, e eu o assumi como um verdadeiro filho. Aliás, cada vez mais pessoas me chamavam de mãe e nutriam por mim um afeto filial. Assumi a missão de mãe da Igreja nascente. Era comum me perguntarem coisas sobre meu filho, principalmente aqueles que não haviam tido a alegria de conhecê-lo nos dias de sua existência terrena. Minha vida deu uma reviravolta. Não era, como antes, na rotina de Nazaré, com eventuais peregrinações para Jerusalém. A situação se inverteu. Com João e alguns dos apóstolos fixamos morada em Jerusalém e algumas vezes íamos até a Galileia para pregar nas Sinagogas. Era comum passarmos alguns dias em Nazaré, ou em Cafarnaum. Na verdade, desde a ressurreição de Jesus, nossa casa eram as estradas do mundo. Sentíamos que era preciso cumprir a ordem dele: "Ide por todo o mundo e pregai o Evangelho". E aquele era todo o mundo que conhecíamos.

Não faltavam sinais e prodígios. Lembro-me bem da ocasião em que João voltou exultante de mais um dia de pregações com Pedro, no Templo de Jerusalém. Ele me contou que um pobre paralítico pediu esmolas e Pedro disse: "Não temos dinheiro, mas podemos lhe dar algo muito mais precioso. Em nome de Jesus Cristo, levanta-te e anda". Pedro o tomou pela mão e o homem conseguiu ficar em pé, depois deu alguns passos e, finalmente, saltava de alegria. Ele os acompanhava pulando e cantando. O povo ficou maravilhado com esse milagre e era cada vez maior o número dos que seguiam os discípulos.

Mas nem tudo foi alegria naqueles inícios. Houve um dia em que Pedro e João, companheiros de pregação, não chegaram para a ceia. Meu coração acelerou. Logo veio a notícia de que haviam sido presos. No dia seguinte foram interrogados pelos Sumos Sacerdotes. Pedro respondia a tudo na força do Espírito Santo. Foram proibidos de pregar, mas Pedro não se intimidou e continuou sua missão, apesar de toda ameaça. O povo continuava maravilhado com eles e, por isso, os Sumos Sacerdotes evitavam tomar uma atitude mais severa.

Aquele início foi muito bonito. Pregações ungidas, milagres e prodígios se tornaram coisas do dia a dia. A perseguição também foi ficando mais forte. Pedro e João foram presos de novo. Mas desta vez um anjo os libertou no meio da noite e eles voltaram direto para o Templo para pregar. Diante da ousadia, mais uma vez foram presos e interrogados. Pedro repetiu seu testemunho afirmando que Jesus estava vivo e era o Senhor. Os Sumo Sacerdotes ficaram furiosos e resolveram que eles deveriam morrer. Foi então que Gamaliel, um dos membros do Conselho, disse que era melhor deixá-los pregar, pois se aquilo fosse obra de Deus iria progredir e, caso não fosse, acabaria por si. Todos concordaram. Pedro, João e outros discípulos foram açoitados e soltos. Deram ordem para que não pregassem mais. Mas foi exatamente isso que eles fizeram logo que saíram dali, pois era preciso obedecer antes a Deus que aos homens.

Não pense que tudo eram apenas flores em nossa pequena Igreja nascente. Desde o dia de Pentecostes a pregação atingia pessoas de todas as raças, povos e culturas. Além de hebreus, havia um grande número de pessoas de cultura grega que haviam recebido o batismo. Logo começaram os conflitos por causa da diferença de mentalidade. Era necessária uma solução para cada problema. Os doze apóstolos se reuniam e tomavam decisões após rezar e discernir. Foi em uma dessas ocasiões que resolveram nomear sete diáconos para a tarefa de distribuir o pão. Um deles era Estêvão, homem cheio de fé e do Espírito Santo. Já havia até alguns sacerdotes entre o número dos discípulos. A comunidade crescia dia após dia.

Foi muito triste receber aquela notícia. Estêvão havia sido preso durante uma pregação. Um grupo inventou uma série de mentiras a seu respeito e o levaram para um julgamento arranjado, subornando algumas testemunhas. Ele profetizou até o final e suas últimas palavras ficaram gravadas no coração de nossa comunidade nascente. Ele olhou para o céu aberto, viu a glória de Deus e Jesus em pé à direita do Pai e disse: "Senhor Jesus, recebe o meu espírito. Senhor, não lhes leves em conta este pecado...". E foi cruelmente apedrejado. Foi o primeiro mártir cristão.

Naquele dia terrível havia um jovem fariseu chamado Saulo que estava na hora da morte de Estêvão. Ele cuidou das vestes dos que apedrejaram nosso irmão. Era da escola de Gamaliel e um dos mais cruéis perseguidores dos discípulos de Jesus. Foi difícil acreditar que ele havia, de fato, se convertido após ter uma visão de meu filho no caminho de Damasco. Ele viu uma grande luz, caiu e escutou alguém dizer: "Saulo, Saulo, por que me persegues?". Perguntou: "Quem és tu, Senhor?". Respondeu: "Eu sou Jesus a quem tu persegues". Ele, trêmulo, perguntou: "Senhor, que queres que eu faça?". Meu filho lhe deu as recomendações e ele recebeu a Boa-Nova por meio de Ananias. Esse acabou sendo o grande missionário de todas as gentes. De perseguidor, tornou-se um grande seguidor. Começamos a chamá-lo de Paulo. Por causa de sua conversão, os líderes dos hebreus queriam matá-lo, mas foi salvo pelos discípulos e foi para Jerusalém. Aos poucos foi aceito como pregador e novamente corria risco de vida, por isso fugiu para sua terra natal, Tarso. Ali, depois, foi encontrado por Barnabé. A Igreja crescia e se espalhava por todos os lugares, chegando até a Antioquia. Barnabé e Paulo foram pregar naquela região. Foi ali que começamos a ser chamados de "cristãos".

Vivíamos entre alegrias e tristezas, vitórias e desafios. Foi muito triste o dia em que recebemos a notícia de que Herodes havia mandado matar, à espada, Tiago, o irmão de João. Eu o tinha como meu próprio filho. Foi o primeiro apóstolo a sofrer o martírio. O mesmo Herodes naqueles dias mandou prender Pedro. A comunidade rezava muito pela sua libertação. Um anjo abriu as correntes que o prendiam e ele saiu pelas ruas no meio da noite. Foi para a casa de Maria, mãe de João Marcos e bateu à porta. Ninguém acreditou quando viu que era Pedro. Foi uma grande festa. Pouco tempo depois Herodes morreu inesperadamente. A Palavra de Deus continuava se espalhando mais e mais. Barnabé e Paulo faziam muitas viagens difundindo a fé. Fundavam comunidades e Paulo alimentava a sua fé por meio de cartas nas quais lhes dava orientações. Uma dessas comunidades foi Éfeso, que eu conheceria muito bem, junto ao meu "filho", João.

Capítulo 19

ÚLTIMOS DIAS EM ÉFESO

Desde que Jesus voltou para a casa do Pai, minha vida foi acompanhar meu novo filho, João, em sua missão, com Pedro, seu grande companheiro de pregação em Jerusalém e, depois, na Samaria.

A todo momento chegavam notícias de todas as partes do mundo sobre o crescimento da Igreja. Mas não faltavam problemas a resolver. Um dos primeiros grandes debates era se todos os cristãos deveriam ser circuncidados, como era a prática segundo a Lei em Israel. Os gentios, convertidos por Paulo, não tinham esse costume, criando uma série de discórdias, especialmente na Judeia. Por isso, Pedro convocou uma reunião que ficou conhecida como Concílio de Jerusalém, marcado para o ano 49. Eu estava com 64 anos. Após muita discussão "pareceu bem" aos apóstolos e a toda a assembleia, inspirados pelo Espírito Santo, enviar uma carta para os irmãos de Antioquia dispensando da circuncisão e expondo claramente quais seriam as obrigações provenientes da fé cristã.

O costume de escrever cartas para as comunidades foi assumido como forma de apostolado, em especial por Paulo. A primeira foi aos Tessalonicenses, mas uma das mais belas, certamente, foi sua carta aos irmãos da Galácia, na qual advertia para o fato de alguns pregarem um "Evangelho" diferente. À medida que o cristianismo se expandia, seria necessário muita sabedoria para manter vivos os ensinamentos de Jesus e não permitir que fossem corrompidos por alguma cultura ou filosofia pagã. Era preciso dizer claramente que o batizado é revestido de Cristo. Em sua Carta aos Gálatas, Paulo disse isso de uma maneira poética e definitiva: "Pela fé eu morri para a Lei, a fim de viver para Deus. Estou pregado à cruz de Cristo. Eu vivo, mas já não sou eu; é Cristo que vive em mim. A minha vida presente na carne eu a vivo pela fé no filho de Deus que me amou e se entregou a si mesmo por mim". Era o eco vivo daquela voz que ele ouvira no caminho de Damasco: "Por que me persegues?". Ele entendeu que perseguindo os discípulos ele perseguia o próprio Mestre. O batismo cristão era mais do que um gesto penitencial, como o de João. Era uma incorporação ao Corpo Místico de Cristo, que é a Igreja. O cristão é um outro Cristo. A santidade é um processo de cristificação. Esse núcleo de teologia se expandiu e criou a base forte para manter a coerência da fé. Paulo pregava que isso acontecia pelo poder do Espírito Santo, que garantia a presença de Jesus no pão e também em cada cristão.

Mas, ainda na Carta aos Gálatas, Paulo disse algo que tocou diretamente a mim: "Quando veio a plenitude dos tempos, Deus enviou seu Filho, que *nasceu de uma mulher* e nasceu submetido a uma Lei, a fim de reunir os que estavam sob a Lei, para que recebêssemos a adoção. A prova de que sois filhos é que Deus enviou aos vossos corações o Espírito de seu Filho, que clama 'Aba, Pai', já não és escravo, mas filho. E se és filho, então também és herdeiro por Deus". Além de afirmar claramente que Deus era uma Santíssima Trindade, coisa muito nova naquele tempo, ele disse que Jesus "nasceu de uma mulher", ou seja, era humano de verdade. Para os seguidores das filosofias gnósticas, comuns no ambiente de cultura grega, era fácil seguir um Cristo divino, mas era muito difícil aceitar que ele havia sido humano. Como Deus poderia conhecer os limites da carne?

Por isso, cresceu a curiosidade entre os novos cristãos, principalmente de cultura grega, por conhecer quem havia sido aquela mulher, a mãe de Jesus. Quando passavam por Jerusalém sempre nos convidavam – João e a mim – para ir até suas comunidades para além dos limites de Israel.

A Carta aos Gálatas havia sido escrita poucos anos após o Concílio de Jerusalém, por volta do ano 55. Algum tempo depois, João resolveu ir pessoalmente conhecer essas novas comunidades. Eu o acompanhei nessa viagem. Chegamos até Éfeso, na atual Turquia, onde permanecemos por alguns anos fixando nossa morada na periferia daquela grande cidade portuária.

Ainda era possível ouvir as histórias da passagem de Paulo por lá e do modo determinado como ele havia combatido o culto à deusa Ártemis e ensinado sobre o significado do batismo cristão e sobre a poderosa ação do Espírito Santo.

De Éfeso ouvíamos falar que em Israel começavam os primeiros movimentos contra Roma, que, depois, se transformaria em uma verdadeira guerra judaico-romana, dos anos 66 a 73. Jerusalém ficaria em ruínas, inclusive o Templo. Meu filho havia falado sobre aquela destruição. Dizia que o reconstruiria em três dias. Todos riram dele mas, na verdade, ele falava de seu corpo, verdadeiro Templo de Deus. Tentaram destruí-lo, no entanto Deus o ressuscitou ao terceiro dia. Quanto ao Templo de Jerusalém, restaria apenas um muro para a lamentação do nosso povo até os dias de hoje.

Era por volta do ano 55, exatamente quando Paulo escrevera aos Gálatas que Jesus havia *nascido de uma mulher*. Em Éfeso se comentava sobre isso e muitos me procuravam para saber detalhes do nascimento, infância e toda a vida do meu Filho. Se o Messias havia tido uma mãe, não poderia ser apenas um espírito, como sustentava a gnose. Eu era a garantia de que meu filho era humano de verdade. Quanto mais eu contava as histórias, principalmente às mulheres na fonte que ficava próxima de nossa casa, mais aumentava a saudade de meu filho. Eu já estava com 70 anos e sabia que não iria demorar para o esperado reencontro com ele. Comecei a ter sonhos que, depois, sempre confidenciava ao meu "filho" João. Ele ouvia cada história com muita atenção, em silêncio.

Em um desses sonhos eu estava nos meus últimos momentos, em Jerusalém, cercada pelos apóstolos, exceto Tomé, que estava na Índia, e Tiago, que já havia sido martirizado. Eles rezavam com lágrimas e repetiam a saudação do anjo Gabriel: "Alegra-te, cheia de graça, o Senhor está contigo". Depois repetiam a saudação de minha prima Isabel: "Bendita és tu entre as mulheres e bendito é o fruto do teu ventre, Jesus!". E ficavam repetindo o nome de meu filho nos meus ouvidos provocando em meus lábios um sorriso sereno: "Jesus, Jesus, Jesus, Jesus...". Diziam outras coisas: "Santa Maria..."; "Mãe de Deus"; "roga por nós, pecadores, agora e na hora da nossa morte". Ouvindo essas palavras adormeci serena. Quando Tomé chegou, em meu sonho, eu já havia sido sepultada. Ele pediu para ver o corpo e abriram a tumba, onde não havia mais nada. Ao acordar, contei tudo a João.

Esse sonho começou a se tornar cada vez mais frequente. Um dia senti que a voz dos apóstolos não repetia mais o nome do meu filho, Jesus, e estranhei. Foi então que, ainda dormindo, senti um beijo em minhas mãos e a inconfundível voz a dizer: - "Deus abençoe as tuas mãos, mãe!". Acordei de um modo diferente naquele dia e vi o sorriso do meu eterno menino, que dizia: "Bem-vinda! Como esperei por esse abraço". Desde aquele dia o sonho se tornou realidade e a minha vida não teve mais os limites do tempo na terra... tudo se tornou um eterno presente. Entendi que estava no céu! Mergulhei plenamente no Amor do Pai e do Filho e do Espírito Santo. Vivi a comunhão perfeita da Trindade, da qual participam todos os santos e santas. Tive uma visão plena do que significa aquilo que ouvi meu filho dizer tantas vezes: "Quem me vê, vê o Pai". Cheguei à Morada Eterna, o mais alto grau de intimidade onde, no Espírito Santo, tudo é geração de Amor. Entendi que era muito simples. Como dizem, "morte não é nada... eu só passei para o outro lado do caminho. Enquanto tantos dos meus filhos continuam vivendo no lado das criaturas, eu passei a viver no lado do Criador".

João continuou sua vida em Éfeso e região. Também escrevia às comunidades com seus auxiliares. Eram escritos místicos muito profundos. Era como se a saudade o levasse para o céu por um instante para escrever. Em um desses escritos ele procurou descrever minha vida no céu, na forma de um poema, como imagem da Igreja nascente: "Apareceu em seguida um grande sinal no céu: uma Mulher revestida do sol, a lua debaixo dos seus pés e na cabeça uma coroa de doze estrelas". Enfim, ele também havia aprendido a acreditar em sonhos.

Capítulo 20

A MÃE DE DEUS

A cidade de Éfeso ainda escreveria um capítulo inesquecível da minha história. Acompanhei tudo com muita atenção, em prece, do céu. Apesar de ser uma cidade grande, com todos os seus problemas e o culto à deusa Ártemis dominar a piedade popular, os cristãos se acostumaram a crer que Jesus havia "nascido de uma mulher". E sabiam muito bem que o nome daquela mulher era "Maria", a mãe adotiva do apóstolo João, que havia vivido entre eles nos últimos anos de sua vida.

Após aquela afirmação de Paulo na Carta aos Gálatas, sobre Jesus ter "nascido de uma mulher", Marcos – companheiro de pregação de Paulo e de Pedro – fez a primeira tentativa de escrever um Evangelho a partir dos relatos da vida, paixão, morte ressurreição e ascensão de Jesus. Escreveu por volta do ano 70, com base na pregação dos apóstolos, principalmente de Pedro. Ele pouco falou de mim, a "mãe de Jesus". Já as escolas de Mateus e Lucas, um pouco depois, desenvolveram bem mais o Evangelho da infância.

Um pouco mais tarde, a escola de João registrou um Evangelho em que a mística cristã é um dos pontos fortes e afirma-se claramente que "o Verbo se fez carne e armou a sua tenda no meio de nós". Não se poderia dar espaço para a crença gnóstica que teimava em reduzir o cristianismo a um espiritualismo desencarnado. Isso colocaria em risco toda a pregação do meu Filho sobre o Reino do céu presente na terra. A partir do século 2, a escola de João continuou com pessoas como Irineu de Lião, que lutou bravamente contra as heresias gnósticas. É dele a afirmação radical de que "o que não foi assumido não foi redimido". Ele colocou Jesus como nova cabeça da humanidade e disse que o "nó da desobediência de Eva foi desfeito pela obediência de Maria". As pessoas começavam a entender que era necessário cultivar a memória da Mãe para garantir a identidade do Filho como salvador da humanidade. Isso provocou um debate que durou séculos. Grandes figuras como Inácio de Antioquia e Justino Mártir mantiveram essa reflexão. Mais tarde, no Oriente, destacaram-se Basílio Magno, Gregório Nazianzeno e Cirilo de Alexandria; no Ocidente: Ambrósio de Milão, Jerônimo e Agostinho. São filhos muito queridos que ajudaram a preservar as verdades reveladas por meu Filho sem cair em nenhuma armadilha das heresias.

Nos Evangelhos havia uma afirmação muito convergente: Jesus nasceu de uma "virgem", ou seja, foi concebido pelo Espírito Santo, logo podemos considerá-lo o Messias esperado, acreditar que é o Filho de Deus... reconhecê-lo como a face visível do Pai. Ele é Deus conosco, é Emanuel. Em nossa cultura judaica, minha concepção virginal era uma linguagem que apontava para a certeza de que Jesus era o Messias esperado. Mas fora do ambiente judaico era difícil acreditar nessa verdade. Dizer que meu Filho era "humano como nós" soava muito estranho, principalmente nos ambientes da cultura grega. Preferiam imaginar que Jesus fosse apenas um "espírito de luz".

Foi exatamente para combater essa tendência que começaram a me chamar de *Theotokos*, literalmente a "parturiente de Deus", que em ambientes latinos era traduzido como "mãe de Deus", na qual havia sido gerado Jesus com suas duas naturezas inseparáveis: humana e divina. Essa era a posição da Igreja de Alexandria, com o patriarca Cirilo. Mas em Constantinopla, o patriarca Nestório começara a defender que as duas naturezas de Cristo eram realidades distintas e separadas, por isso preferia a expressão *Christotókos*. Era acompanhado pelos estudiosos de Antioquia. Isso gerou muito debate entre meus filhos naquele começo da Igreja. A polêmica foi resolvida somente no Concílio de Éfeso, em 431, que optou pela fórmula *Theotokos*, declarando que seria um "dogma de fé", no qual todo cristão deveria crer. Alguns anos mais tarde, em 451, no Concílio de Calcedônia, foi resgatado o lado positivo da visão de Nestório, afirmando que "Maria é a Mãe de Deus segundo a humanidade". É desse Concílio a afirmação de que Jesus é "totalmente Deus e totalmente homem, sem separação, nem confusão".

Minha identidade de "virgem e mãe" era uma linguagem para afirmar que meu Filho era Deus e Homem. Simples assim. Assim como não se poderia mais separar a humanidade e a divindade de Jesus, ninguém mais poderia separar a mãe do Filho. O Verbo de Deus fecundou definitivamente a carne humana e o ponto de toque foi o meu ventre de menina que disse "sim" a Deus. Não imaginava que o "sim" de toda a humanidade naquele dia passava pelos meus lábios na humilde cozinha de Nazaré.

Isso foi cultivado em poemas e preces e teve seu lugar na liturgia e na devoção. Falar da mãe era falar do Filho. Rezar com a mãe era unir-se ao Filho em oração. O carinho que meu Filho continuava tendo por mim, no céu, era refletido em todos aqueles que participavam do seu corpo místico. O céu é uma grande comunhão dos santos. Eu me unia à prece de meu Filho ao Pai em permanente intercessão.

Mas era preciso ficar atentos a um processo que iria se infiltrando, aos poucos, nas comunidades cristãs dos primeiros séculos. Por todos os lados existiam cultos às "deusas-mães". Era o caso de Ártemis, em Éfeso; Caelestis, em Cartago; Ísis, no Egito; e Cibele, um pouco por toda parte. No movimento cristão Montanista, por exemplo, no século 2, existia uma clara confusão entre Cibele e a minha identidade de "Mãe de Jesus". Isso iria criar muitos problemas.

Alguns títulos característicos dessas deusas-mães foram sendo automaticamente transferidos para a mim. Aos poucos passei a ser vista por alguns mais como rainha poderosa do que a humilde serva do Senhor. Nada estranho para a mãe do Rei dos reis. Sou rainha do céu e da terra, rainha do mundo, mas no Reino em que reinar é servir. Sou rainha da realeza de meu filho. O exagero poderia levar a caminhos que se perderiam em um devocionalismo pagão. Era preciso prestar muita atenção. Eu permanecia atenta e orante ao lado de meu Filho, no céu, reinando pelo serviço de rezar... rezar e rezar!

Capítulo 21

MEMÓRIAS CULTIVADAS

Os anos se passavam e o povo, cada vez mais, cultivava minha imagem, intimamente ligada à memória de meu Filho. Ícones, festas litúrgicas e preces devocionais iam se multiplicando com muita criatividade, tanto no Oriente como no Ocidente. A partir do século 4 todas essas memórias foram se consolidando em torno da festa do Natal. Às vezes eu achava engraçado como representavam meus olhos azuis e os cabelos de meu filho loiros, algo impensável para a nossa gente morena da Galileia. Mas entendia que os filhos sempre gostam de ver a mãe com a cor de seus olhos. Entendi.

Surgiram preces que pediam a minha intercessão e até o meu socorro. Ouvia atenta e entregava tudo para meu Filho, único intercessor. Sabia que minha intercessão era subordinada. Nossa comunhão permitia que eu sempre repetisse o que fiz em Caná: "Filho, ele não têm mais vinho!". Eram tantos pedidos...

Uma das orações marianas mais antigas, originalmente composta em grego e logo traduzida para diversas línguas, ficou conhecida em latim como *Sub tuum praesidium*: "À vossa proteção recorremos, Santa Mãe de Deus. Não desprezeis nossas súplicas em nossas necessidades, mas livrai-nos sempre de todos os perigos, ó virgem gloriosa e bendita". Outra fórmula orante surgida no Oriente por volta do século 5 foi o *Akátisthos*, uma verdadeira obra-prima que celebra o mistério da Mãe de Deus, intimamente unida ao mistério do Verbo Encarnado. As verdades sobre minha vida e missão estão ali sob a forma de verso e canção: "A ti, Mãe de Deus, nossa guia sempre vitoriosa, a ti nossos cantos de vitória!".

Também a oração da ave-maria foi se formando a partir das palavras do anjo Gabriel e da minha prima Isabel. Durante séculos era rezada apenas a primeira parte. A segunda foi incorporada a partir de 1480. Existem saudações tão fortes que sempre que ouvimos é como se fosse a primeira vez. Cada vez que alguém diz: "Ave, Maria!"... logo chama a minha atenção. São filhos em prece. Impossível não atrair meu olhar materno.

Acompanhei com atenção o surgimento da oração do Rosário. Pelo ano 800 surgiu o costume no meio do povo de recitar 150 Pai-nossos e, depois, 150 Ave-Marias, em vez dos tradicionais 150 salmos, rezados todas as semanas nos mosteiros e conventos. Era uma fórmula muito prática para aqueles que não sabiam ler. Em 1214, São Domingos de Gusmão, com a colaboração de outros religiosos, organizou, aos poucos, a forma desse "rosário" em mistérios de dez ave-marias, contemplando a vida de Jesus, da maneira como temos hoje: Mistérios da Alegria, da Dor e da Esperança. Em 2002, o papa João Paulo II iria acrescentar os Mistérios da Luz, contemplando alguns momentos importantes da vida pública de Jesus, como seu batismo e o primeiro milagre em Caná.

Uma das preces que mais toca meu coração de mãe certamente é a salve-rainha, composta pelo monge alemão beneditino Herman Contrat, em 1050. Acompanhei atenta quando ele nasceu com graves problemas de saúde e em um tempo de crises, pestes e calamidades. Os povos bárbaros vindos do leste invadiam as cidades destruindo igrejas e conventos, provocando medo, sofrimento, dor e mortes. Ao nascer sua mãe, Miltreed, o consagrou a mim. Era portador de uma doença chamada raquitismo que o deixaria progressivamente paralítico; tinha o palato fendido; era vítima de paralisia cerebral e esclerose lateral amiotrófica ou atrofia muscular espinal. Tinha enorme dificuldade para se movimentar e quase não era capaz de falar. Não foram poucos os desafios em sua vida. Era uma dessas pessoas que tinha tudo para dar errado e fracassar na vida. Seus pais não suportaram o peso de criar uma criança com esses problemas e o confiaram, aos 7 anos, aos monges beneditinos que o acolheram no mosteiro para os estudos em regime de internato.

Naquele ambiente de silêncio, trabalho, estudo e oração, Contrat foi superando cada um dos seus limites por meio da disciplina perseverante. Aquele meu filho jamais perdeu a fé na vida e a vida de fé. Era um apaixonado pela ciência e pelas artes. É notável seu exemplo de autossuperação. Tornou-se astrônomo, matemático, físico, teólogo, poeta e músico. Compôs diversas antífonas e canções para a liturgia. É preciso entender bem o tom dramático de seus poemas e melodias. A Europa do seu tempo passava por guerras, devastações e muitas calamidades. A salve-rainha é uma prece de quem reconhece as dificuldades dessa vida e reza "gemendo e chorando neste vale de lágrimas".

Passaram-se cerca de cem anos. Certa ocasião, a salve-rainha era cantada na Catedral de Espira. No meio do povo, quase anônimo, estava um desconhecido que mais tarde o mundo conheceria como São Bernardo de Claraval, o "cantor da Virgem Maria". Quando todos terminaram a prece e fez-se aquele silêncio reverente, sua voz continuou com a inspirada frase em latim que ele criou naquele momento: "*ó clemens, ó pia, ó dulcis, Virgo Maria*". A partir daquele dia o verso improvisado passou a integrar a oração da salve-rainha e é assim até os dias de hoje: "ó clemente, ó piedosa, ó doce sempre, Virgem Maria".

São tantas histórias bonitas da devoção mariana nesses mais de dois mil anos! Mas é certo que também aconteceram alguns exageros. No Ocidente popularizou-se, cada vez mais, o título de "Nossa Senhora". Na origem era apenas um tratamento de respeito típico da sociedade feudal. Nenhum problema quanto a isso. Mas alguns começaram a confundi-lo com o título do *Kyrios*, "único Senhor", que é Jesus. Muitos já não conseguiam me ver como a "serva do Senhor", mas apenas como a "senhora dominadora". Muitos devotos me transformavam novamente em uma semideusa. Por trás desse exagero não estava uma simples devoção, mas a memória do culto às deusas-mães.

Porém, por todo lugar o Espírito Santo inspirava pessoas para corrigir esses desvios. Um deles foi Luís Maria Grignion de Montfort, nascido na França em 1673 e falecido com apenas 43 anos de idade. Desde jovem mostrou grande talento para os estudos e um imenso amor pelos pobres. Foi beatificado pelo papa Leão XIII, em 1888, e canonizado pelo papa

Pio XII, em 1947. Inspirou o lema *Totus tuus*, de João Paulo II. Esse meu filho querido foi padre por apenas dezesseis anos, antes de vir morar no céu. Desse tempo, boa parte passou como eremita em silêncio e oração, em uma gruta. Seu lema era: "Só Deus!". No final da vida escreveu o seu clássico *Tratado da verdadeira devoção à Santíssima Virgem*, no qual propõe a consagração a Jesus Cristo por meio das minhas mãos maternais. Ele costumava argumentar: "Se a Virgem Maria foi necessária para Deus, por sua vontade, para aproximar-se da humanidade, quanto mais é necessária a cada um de nós para nos aproximarmos de Deus".

Ele apontou claramente algumas formas de falsa devoção mariana: orgulhosa, presunçosa, escrupulosa, exterior, mundana, inconstante, hipócrita, interesseira. A verdadeira devoção, ao contrário, deve ser: interior, confiante, cheia de ternura, em busca da santidade tendo meu exemplo por guia, constante, desinteressada. Propôs aos verdadeiros devotos uma "consagração total a Cristo através de mim", incluindo a atitude interna de assumir em tudo o "espírito de Maria", vivendo ao sopro do Espírito Santo em profunda intimidade com a Eucaristia. Como sinais externos, ele propôs aos consagrados, entre outras coisas, a recitação diária do Rosário, do *Magnificat*, levando uma corrente no pescoço, braço ou outra parte do corpo, como símbolo externo que recorde seu compromisso de ser um "escravo de Jesus em Maria". Essa corrente não atinge o essencial da devoção, porém não se deve simplesmente desprezar ou condenar. O consagrado deve viver uma vida simples e sóbria, desapegado das coisas do mundo e solidário com os pobres. Meu filho Montfort descobriu e divulgou o meu segredo: apenas sendo serva é possível ser rainha!

CAPÍTULO 22

A VIRGEM DE GUADALUPE

Com a chegada da fé cristã ao novo mundo das Américas, por volta de 1500, a minha presença de mãe foi marcante. Capitais foram fundadas com meu nome: Santa Maria de los *Buenos Aires*, Nuestra Señora de *La Paz* e Nuestra Señora de la *Asunción*. Só no Brasil existem mais de cinquenta lugares com o nome de Santa Maria. Entre os meus devotos mais célebres estão Cristóvão Colombo e Pedro Álvares Cabral. Mas não deixou de ser constrangedora a utilização de uma imagem distorcida de mim, desde o início da colonização, como *Conquistadora*, para justificar todo tipo de massacre dos povos daquela terra. Era preciso corrigir isso e deveria começar logo, a partir do México, em Guadalupe. A dor no meu coração de mãe era imensa ao ver que em menos de cinquenta anos (1532-1580) a população do México passou de 17 milhões de nativos para menos de 2 milhões... um dos maiores genocídios da história. O Evangelho era reescrito com letras de sangue. Não faltaram missionários que se opunham a essa cultura de morte. Mas meu coração de mãe dizia que era preciso promover uma reconciliação mais profunda entre culturas e raças para salvar a vida dos meus filhos ceifada pela cobiça humana.

Foi assim. No dia 9 de dezembro de 1531, um sábado de manhã, Deus permitiu que eu aparecesse, sob a forma de visão, no alto do Monte Tepeyac, ao norte da cidade do México, ao índio Cuauhtlatoatzin Ixtlilxóchitl – aquele que fala como águia –, que na época tinha 57 anos. Ele havia sido batizado aos 50 anos, com sua esposa, Maria Lúcia, e assumira o nome cristão de Juan Diego. Ficou viúvo. Sua esposa falecera em 1529 e ele havia se mudado para a casa de um tio para ficar mais perto da igreja em que recebia a catequese cristã.

No Monte Tepeyac, os espanhóis haviam destruído o templo asteca da deusa-mãe Tonantzin. Era comum que os indígenas cultivassem minha memória, misturando as devoções, como Virgem Maria de Tonantzin. Seria preciso reconciliar e purificar tantas culturas para garantir a vida dos meus filhos e filhas. Aquele lugar mais tarde faria parte da Vila de Guadalupe em homenagem a uma antiga devoção espanhola.

Naquela manhã, Juan Diego se preparou para caminhar pouco mais de doze quilômetros para ir ao catecismo na cidade do México. Quando passava pelo alto do cerro do Tepeyac, escutou algo parecido com um maravilhoso canto de pássaros. Sentiu-se no paraíso. Quando o canto acabou apresentei-me ao pobre homem chamando-o pelo nome: "Juanito, Juan Dieguito". Ele ficou encantado com o que estava vendo: vestes radiantes como o sol e os raios resplandecentes que saíam da pedra sob meus pés. Prostrou-se por terra e ficou algum tempo assim. Foi então que lhe perguntei com carinho materno: "Juanito, o mais pequeno dos meus filhos, onde você vai?". E ele respondeu: "Minha Senhora e minha Menina, tenho de ir à cidade para aprender as coisas divinas que nos ensinam os nossos sacerdotes, enviados de Nosso Senhor".

Conversamos sobre muitas coisas. No final fiz-lhe um pedido: "Saiba e compreenda bem, você, o menor dos meus filhos, que eu sou a sempre Virgem Santa Maria, Mãe do verdadeiro Deus, razão do nosso viver; do Criador dos homens, do que está próximo e perto, o Dono do Céu, o Senhor do mundo. Desejo vivamente que me ergam aqui um templo, para nele mostrar e dar todo o meu amor, compaixão, auxílio e amparo; porque na verdade eu sou a vossa Mãe bondosa, sua e de todos vós que viveis unidos nesta terra e dos outros povos, que me amem, que me invoquem, me procurem e confiem em mim; aí escutarei o seu pranto, as suas tristezas, para remediar e curar todas as suas penas, misérias e dores".

Pedi que ele fosse ao bispo local, dom Juan Zumárraga, para pedir que naquele lugar fosse construído um templo onde eu pudesse escutar os gritos sofridos dos meus filhos e interceder por socorro em seu favor. No final desse primeiro encontro, ainda lhe disse: "Esteja certo de que hei de lhe agradecer e pagar bem, pois vou fazer você feliz na terra e merecerá que recompense o trabalho e fadiga com que vai realizar o que lhe peço. Olha, você que ouviu o meu pedido, meu filho mais pequeno; vá e ponha nele todo o seu esforço".

Ele ficou muito feliz e foi correndo contar para todos sobre a sua visão. Repetia a mesma história para quem encontrava pelo caminho, mas ninguém lhe dava crédito, nem o bispo. Aos poucos, foi ficando desanimado e, no final da tarde, resolveu voltar ao mesmo lugar aonde tínhamos nos encontrado pela manhã. Eu já o esperava para esse segundo encontro. Ele me contou que sua missão havia sido um fracasso. Pediu-me para chamar alguém mais digno e importante para essa tarefa. Mas insisti dizendo: "Ouça, ó mais pequeno dos meus filhos, compreenda que são muitos os meus servidores e mensageiros a quem posso encarregar de levar a minha mensagem e fazer a minha vontade, mas é absolutamente necessário que seja você mesmo a pedir e a ajudar a que a minha vontade se cumpra por sua mediação".

Ele ficou um pouco mais animado e disse que iria, então, procurar novamente o bispo. Com certeza ele, um homem de profunda fé e devoção, acreditaria. Juan Diego saiu dali e, no dia seguinte, domingo, dia 10 de dezembro, foi falar com o bispo, que ouviu atentamente toda a história e, no final, pediu-lhe um sinal para ter certeza de que era mesmo a Rainha do Céu quem o enviava. Naquele domingo à tarde Juan Diego voltou e me contou seu segundo fracasso e o pedido do bispo. Disse a ele que no dia seguinte lhe daria um grande sinal.

Na segunda-feira, 11 de dezembro, porém, Juan Diego não pôde voltar, conforme o combinado, pois seu tio Juan Bernardino estava à beira da morte. Ele passou o dia procurando um médico, mas não era mais possível fazer nada para salvar o pobre homem. No final da tarde, seu tio pediu ao menos a presença de um padre para se confessar e ter uma morte santa.

Na terça-feira, bem cedo, Juan Diego saiu para procurar um sacerdote para atender seu tio nos últimos momentos de sua vida. Evitou passar perto do Monte Tepeyac para não me encontrar e retardar sua missão. Em seu coração puro a vida estava em primeiro lugar. Entendi que havia escolhido a pessoa certa para aquela missão de salvar milhões de vidas. Resolvi ir até ele em seu caminho e garantir que seu tio seria curado: "Que se passa, meu filho mais pequeno? Aonde você vai?". Ele, um pouco constrangido, explicou o motivo pelo qual havia se afastado temporariamente de sua missão. Então lhe respondi: "Ouça e entenda bem, meu filho mais pequeno, que aquilo que lhe assusta e aflige não é nada; não se perturbe o seu coração, não tema essa doença nem qualquer outra enfermidade ou angústia. Não estou eu aqui, que sou sua Mãe? Acaso você não está sob a minha proteção e amparo? Não sou eu a sua saúde? Você não está porventura no meu regaço e entre os meus braços? De que mais você precisa?". Então apareci em visão também ao seu tio, que ficou completamente curado.

Quanto a Juan Diego, pedi que fosse ao alto do Tepeyac colher flores em seu manto (*tilma*). Ele foi e encontrou as indicadas, mesmo não sendo uma estação de flores. Pedi para levar aquele presente ao bispo e também contasse sobre a cura do seu tio. Ele prontamente foi. Ao chegar derramou as flores diante do bispo e contava a história da cura e que era uma obra da "Sempre Virgem Santa Maria de Guadalupe". O bispo olhava maravilhado para a *tilma* de Juan Diego, onde ficou estampada minha imagem de um modo que nenhuma mão humana poderia fazer. Esse era o sinal de que permanece até hoje e alimenta a fé e a devoção de todo o povo latino-americano. Era dia 12 de dezembro.

Juan Diego ainda viveu até 1548, quando faleceu com 74 anos. Nunca se afastou do Monte Tepeyac onde viu surgir a primeira ermida do que, depois, se transformaria no grande santuário da padroeira de todo o continente latino-

-americano. Cuidava da pequena capela e acolhia os peregrinos que por ali passavam. Era muito estimado por todo o povo. Nunca mais apareci a Juan Diego e nem precisava. Para meu povo fiquei definitivamente estampada naquela frágil capa que, pelas leis naturais, deveria se decompor em menos de quinze anos, porém, há quinhentos permanece intacta como um milagre permanente. Para aquele meu filho simples, puro e fiel fiquei para sempre estampada na sua alma e no seu coração.

Não faltou quem tentasse manipular Guadalupe ou contestasse sua origem divina. Mas o fato é que havia iniciado um processo de reconciliação de dois povos e dois continentes... todos no meu colo de mãe. Novamente as coisas mais importantes ficariam escondidas para os sábios e entendidos, para a ciência – que jamais conseguiu decifrar os incríveis mistérios da imagem naquele manto –, mas seriam reveladas aos simples, os devotos de Guadalupe, ou, simplesmente a *Morenita*. Todos através dos séculos, em meio a dores e sofrimentos, contemplariam o manto, a *tilma*, de Juan Diego e teriam a mesma visão, ouvindo com confiança em seu coração: "Não estou eu aqui, que sou tua Mãe?".

Capítulo 23

NOSSA SENHORA APARECIDA

A maldade humana não conhece limites. Isso fazia chorar meu coração de mãe. Após o massacre indígena nas Américas, começou um terrível tráfico de escravos. Populações inteiras eram transplantadas da África para servirem no novo mundo sob a opressão de trabalhos forçados. A escravidão negra no Brasil começa por volta do ano 1539 e seria abolida somente em 1888, pela Lei Áurea. Seria o último país do continente americano a abolir a escravidão. Séculos de sangue, suor e lágrimas. No nordeste trabalhavam na cana e no Brasil central na cultura do café. Eram vendidos e trocados como qualquer mercadoria. Atravessavam o Atlântico em navios negreiros vivendo cenas de horrores e, muitas vezes, morrendo pelo caminho.

Tudo isso exigia meu toque profético de mãe. E esse toque aconteceu nas águas do rio Paraíba do Sul, na segunda quinzena de outubro de 1717. Naqueles dias, a cidade de Guaratinguetá recebia a visita do conde de Assumar, Pedro Miguel de Almeida Portugal e Vasconcelos, governante da capitania de São Paulo e Minas de Ouro. O povo resolveu fazer uma grande festa para o ilustre visitante. Os pescadores foram convocados a lançarem suas redes no rio, apesar de não ser uma temporada boa para a pesca. De fato, quase não apanhavam peixes para a comemoração. Frustração. Três desses pescadores – Domingos Garcia, João Alves e Filipe Pedroso – resolveram pedir a minha intercessão. Estavam próximos do Porto de Itaguaçu e quase desistindo da pescaria, quando perceberam, nas redes, uma pequena imagem incompleta. Lançaram novamente as redes e apareceu a cabeça, que eles guardaram em um lenço. A partir daquele momento começaram a apanhar tantos peixes que a barca começou a ficar pesada. Voltaram ao porto felizes pela pesca milagrosa. Os pedaços da minha imagem ficaram com Silvana da Rocha Alves, esposa de Domingos, irmã de Felipe e mãe de João. Ela reuniu as duas partes com cera e colocou em um pequeno altar em casa. Esse fato, tão simples, ficou muito conhecido na região.

Durante quinze anos Filipe Pedroso conservou minha imagem em sua casa, onde todos se reuniam para rezar. Fiquei conhecida em todo o Brasil como Nossa Senhora Aparecida. A pequena imagem tinha quarenta centímetros de altura e era feita de terracota, ou seja, argila. O tempo se encarregaria de deixar a cor da imagem morena, como o povo sofrido e escravizado no Brasil.

Desde o início foram relatados vários milagres. Um dos primeiros é que o vento apagava as velas e elas se acendiam novamente, sozinhas. Conta-se que, certa ocasião, Silvana tentou apagá-las e elas tornaram a se acender. Era o Milagre das Velas. Em 1732, o filho de Felipe, Atanásio Pedroso, construiu um oratório aberto ao público no Porto de Itaguaçu. Em 1740, sob a coordenação do padre José Alves Vilela, foi construída uma pequena capela e, mais tarde, em 1745, foi inaugurada a Capela de Aparecida, no Morro dos Coqueiros, hoje município de Aparecida. Até o Príncipe Regente do Brasil, dom Pedro I, esteve ali em 1822 e pediu pela situação complicada do país. Quinze dias depois, em 7 de setembro era proclamada a independência do Brasil. Em 1844 foi inaugurada a atual Basílica Velha e, em 1930, o papa Pio XI declarou que eu seria reconhecida como "Nossa Senhora da Conceição Aparecida, a Padroeira do Brasil". Em 1955 começou a construção da Basílica Nova, o maior santuário mariano do mundo.

Deus é capaz de fazer das coisas mais pequenas, como o encontro de uma imagem quebrada e descartada, uma verdadeira chave de leitura para a vida. E foi assim em Aparecida. Meus filhos encontraram naquele lugar um colo de mãe para todas as suas dores e sofrimentos. Pessoas quebradas e descartadas encontrariam ali a sua restauração.

Por volta do ano de 1850, na região havia um escravo de nome Zacarias. Andava preso por grossas correntes e era acompanhado pelo responsável dos escravos. Ao passar pela igreja onde se encontrava minha imagem de Aparecida, pediu para entrar e fazer uma oração. Foi atendido. Enquanto rezava, as correntes milagrosamente se romperam e ele ficou livre. Era um sinal de que eu queria meus filhos libertos.

Havia também um cavaleiro pagão que zombava da fé dos que rezavam na minha capela de Aparecida. Para desafiar os devotos disse que iria entrar com seu cavalo dentro da pequena igreja, profanando-a. Mas logo que chegou à escadaria, seu cavalo ficou com a pata presa na pedra e o cavaleiro foi para o chão. A marca da pata ficou cravada na rocha e o rude cavaleiro converteu-se em meu piedoso filho e devoto de Aparecida.

Muitos outros sinais ficaram gravados na alma de meus filhos, como a cura de uma menina cega de Jaboticabal, o menino que foi salvo do afogamento ao clamar: "Nossa Senhora Aparecida"... e o homem que gritou por mim e foi salvo de uma onça, prestes a atacá-lo.

Até a princesa Isabel visitou minha imagem em 1868 e fez uma promessa. Em 1884 fez nova romaria e entregou ali uma coroa de diamantes e rubis e um manto azul adornado. Em 1888, ela assinaria a Lei Áurea que iria banir definitivamente a escravidão do Brasil. Meu coração de mãe sorriu. Em 1904, sob os cuidados dos Missionários Redentoristas, minha imagem foi coroada e adornada com o manto da princesa, recebendo do povo a dignidade de Rainha do Brasil. O Santuário, com a Arquidiocese de Aparecida, cultivaram a Academia Marial de Aparecida, para o estudo e aprofundamento desse tema em busca de uma fé inteligente e uma devoção sincera e purificada.

Em 1978, um fato muito triste aconteceu. Minha imagem sofreu um atentado e ficou reduzida a mais de duzentos pedaços. Parecia o fim de trezentos anos de fé e devoção, mas uma restauradora do MASP, o Museu de Arte de São Paulo, Maria Helena Chartuni, trabalhou intensamente por trinta e três dias para unir aqueles pedaços. Conseguiu. Foi grande a alegria do povo ao receber de volta minha imagem de Mãe Aparecida. A restauradora, ao ver a fé do povo, testemunhou que havia recuperado a imagem original, mas, na verdade, era ela mesma que havia sido restaurada. O céu contemplava tudo isso com um grande sorriso. Quem ama sabe a hora de aparecer!

CAPÍTULO 24

NOSSA SENHORA DAS GRAÇAS

Enquanto no novo mundo das Américas era necessário defender vigorosamente os valores mais humanos – a vida ameaçada –, no velho continente da Europa era preciso reaquecer a fé. As luzes da modernidade haviam obscurecido muitos corações. O século 19 seria um tempo de repropor os mistérios do Coração de Jesus unido ao meu Imaculado Coração de Mãe. Um das mais belas histórias de fé e devoção aconteceria em Paris, na França, em 1830, onde passei a ser conhecida como Nossa Senhora das Graças.

Em 1806 nascia, na região da Borgonha, na França, uma menina chamada Catarina Labouré. Ainda na infância, ela ficou impactada pelo olhar e pela profecia de um velho sacerdote desconhecido que, em sonho, lhe dizia: "Minha filha, você agora foge, mas um dia será feliz em se aproximar. Deus tem um grande plano para você. Nunca se esqueça disso". Aos 18 anos, ao visitar um convento das

Filhas da Caridade, deparou-se com um quadro com o mesmo olhar do sacerdote que vira no seu sonho e que ela jamais se esqueceu. Era São Vicente de Paulo, o fundador daquelas irmãs. Isso confirmou sua vocação. Após muitas dificuldades com sua família, finalmente entrou naquela congregação, aos 23 anos.

    Vou lhe contar a história desse encontro de graça, de muitas graças. Paris, 18 de julho de 1830, Rue du Bac, nº 140. Casa-Mãe da Companhia das Filhas da Caridade de São Vicente de Paulo. No dia seguinte seria a festa de São Vicente (1581-1660), sacerdote sábio e inflamado de amor a Deus e aos pobres. Na época essa festa era no dia 19 de julho (hoje 27 de setembro). Naquela noite, Catarina adormeceu pedindo a São Vicente a graça de me ver. Eram cerca de 23h30 quando ela viu um menino radiante de 4 ou 5 anos que lhe dizia: "Venha para a Capela! A Santíssima Virgem te espera!". Naquela experiência mística, eu a visitei por meio de uma visão. Por onde o menino passava tudo se enchia de luz. Chegando à capela, ela escutou o suave ruído de uma veste de seda e o menino apontou e lhe disse: "Olhe! É a Santíssima Virgem!". Eu estava sentada bem à sua frente. Ela se ajoelhou e colocou as mãos sobre meus joelhos, em prece de filha. Eu lhe disse: "Venha aos pés deste altar. Ali serão derramadas graças sobre você e sobre todos os que pedirem por elas, ricos e pobres".

    A segunda vez que encontrei Catarina foi no dia 27 de novembro daquele mesmo ano. Na tarde daquele dia, ela estava rezando, quando ouviu o mesmo ruído de seda da primeira aparição. Desta vez ela me viu, em pé, ao lado de uma imagem do meu amado esposo José. Dos anéis nos dedos de minhas mãos ela via sair raios de luz. Entendeu que eram as graças que seriam derramadas sobre todos que pedissem. Ao meu redor apareceram letras brilhantes que formavam a frase: "Ó Maria concebida sem pecado, rogai por nós que recorremos a vós". Foi então que lhe fiz um pedido, quase uma ordem: "Você deve cunhar uma medalha a partir deste modelo. As pessoas que a usarem, depois de indulgenciada, receberão grandes graças, especialmente se a usarem em torno do pescoço; graças serão distribuídas abundantemente sobre aqueles que tiverem confiança". Ao virar-me de costas, ela pode ver o verso da medalha com as doze estrelas, a cruz com a letra "M" e a imagem do Sagrado Coração de Jesus, transpassado pela lança, e do meu Imaculado Coração, transpassado pela espada.

No mês seguinte houve ainda uma terceira visão em que eu aparecia com um globo de ouro nas mãos e com uma pequena cruz sobre ele. Dos anéis em meus dedos saíam os mesmos raios de luz. Catarina ouviu uma voz a dizer: "Este globo que você vê representa o mundo inteiro e especialmente a França, e cada pessoa em particular. Os raios são o símbolo das Graças que derramo sobre as pessoas que as pedem. Os raios mais espessos correspondem às graças que as pessoas se recordam de pedir. Os raios mais finos correspondem às graças que as pessoas não se lembram de pedir".

Catarina contou todas essas experiências místicas apenas para sua superiora e seu diretor espiritual. Algumas dificuldades tiveram que ser superadas até o bispo local, a partir de 1832, permitir cunhar as medalhas, para que fossem distribuídas às pessoas como objeto de devoção. Logo se tornariam muito populares e começaria a ser conhecida como "Medalha Milagrosa".

Catarina, por sua vez, professou os votos religiosos e passou os quarenta e seis anos seguintes em uma vida de serviço aos idosos e enfermos, no mais total anonimato. Ela entendeu perfeitamente a minha lição de serviço e humildade. Sua identidade de vidente só foi conhecida em seu leito de morte. Faleceu em 31 de dezembro de 1876. Durante cinquenta e seis anos seu corpo permaneceu na cripta da capela até que, com o anúncio de sua beatificação, deveria ser feita a exumação dos seus restos mortais. Mais de meio século havia se passado e, para espanto de todos, seu corpo permanecia perfeitamente intacto. E assim permanece até os dias de hoje.

Capítulo 25

LÁGRIMAS DE MÃE: LA SALETTE

Era o ano de 1846. No dia 17 de junho seria eleito o papa Pio IX, que teria o pontificado mais longo da história, depois de Pedro, convocaria o Concílio Vaticano I, promulgaria dois dogmas: a Imaculada Conceição e a Infalibilidade Papal, e veria terminar de maneira brusca o poder temporal da Igreja, com a perda dos Estados Pontifícios. Muita coisa mudaria até o ano de sua morte em 1878. Acompanhei tudo com meu olhar de mãe em prece.

A experiência espiritual mariana, desta vez nos alpes franceses, na montanha La Salette, seria com duas crianças: Maximino Giraud (11 anos) e Melânia Calvat (15 anos). Eram pequenos pastores. É curioso como o céu precisaria, cada vez mais, do testemunho das crianças para seus apelos de conversão. Havia grande fome naquela região em decorrência de problemas sociais e de uma terrível peste que devastava as plantações. Além disso, o povo havia abandonado em grande parte a prática religiosa.

Maximino havia nascido na cidade de Corps, em 1835, e era o quarto filho de Ana Maria Templier e de Germano Giraud, um fabricante de carroças. Sua mãe faleceu quando ele tinha apenas 2 anos de idade. O pai casou-se novamente, mas sua nova esposa não nutria muita afeição pelo menino, que sofria todo tipo de carência. Cresceu nas ruas da cidade sem escola, nem afeto. Não havia frequentado a catequese. Não sabia rezar as orações tradicionais. Porém, era simpático e comunicativo. Falava o dialeto da região e muito pouco o francês. Às vésperas da minha aparição, o pai permitiu que ele fosse trabalhar nas pastagens de um proprietário que morava nos arredores da cidade de La Salette.

Melânia também nasceu em Corps, em 1831. Seus pais Pierre Calvat e Julie Barnaud também eram muito pobres e tinham dez filhos. Muitas vezes as crianças eram forçadas a mendigar pelas ruas da cidade. Para ganhar algum sustento, Melânia trabalhava nas casas das famílias da região ou cuidando dos rebanhos. Não frequentava a catequese, não sabia ler nem escrever. Nem mesmo sabia rezar o Pai-nosso e a Ave-Maria por inteiro. Falava quase somente o dialeto local. Era tímida e um pouco teimosa.

No dia 19 de setembro daquele ano, os dois pobrezinhos acabaram se conhecendo, quase por acaso, pois ambos estavam pastoreando nas pastagens do Monte Plateau. Haviam acordado muito cedo para passar o dia nas montanhas, junto aos outros pequenos pastores. Andaram pelos campos e bosques, riachos e fontes até ficarem cansados. Após tomarem o lanche do meio-dia, resolveram repousar e acabaram adormecendo sobre a relva, no silêncio daquelas geladas montanhas a 1.800 metros de altitude. De repente, Melânia se acordou assustada pensando que poderiam ter perdido suas vacas. Ela sacudiu Maximino dizendo: "Maximino, Maximino, vem depressa, vamos ver nossas vacas... Não sei por onde andam!". Ele acordou de sobressalto e olhava para ver se avistava também sua cabra e seu cachorrinho Lulu. Era um dia de sol escaldante. Subindo a ladeira viram as quatro vacas pastando tranquilamente. Estavam retornando para o lugar onde repousavam antes, à beira do riacho, quando Melânia viu um grande clarão de luz e gritou: "Maximino, olhe lá, aquele clarão!". Ele, com algum receio, veio correndo e gritando: "Onde está? Onde está?". Preparava seu cajado para defender Melânia caso fosse uma ameaça qualquer. Então viram um globo de fogo que se mexia e girava sobre si mesmo. A visão era espetacular. "Era como se o sol tivesse caído lá", contariam eles mais tarde. Em meio a esse clarão começaram a me enxergar na forma de uma mulher sentada sobre uma das pedras, junto à fonte, onde momentos antes eles haviam depositado seu pobre alimento. Estava com a cabeça entre as mãos e os cotovelos sobre os joelhos. Parecia triste. Chorava. As crianças olhavam para mim com curiosidade, mas ainda com medo. Durante toda a vida eles me chamariam de "a Bela Senhora", *Belle Dame*, em francês.

Foi então que fiquei em pé e eles ouviram minhas primeiras palavras: "Venham, meus filhos, não tenham medo, aqui estou para contar uma grande novidade!". Eles se aproximaram com um pouco mais de confiança, achando que era uma das mães da redondeza que havia sido maltratada e, por isso, não parava de chorar. Eu estava com um vestido longo, avental, um lenço cruzado e amarrado nas costas e uma touca de camponesa. A cabeça, o lenço e os calçados estavam adornados com rosas. Levava uma corrente pesada nos ombros e outra mais leve no peito com uma grande cruz resplandecente – com o crucificado que se contorcia –, um martelo em um dos lados e no outro uma torquês. Era uma roupa de trabalhadora revestida com os instrumentos da paixão de meu filho, Jesus. Eram sinais de serviço. Apresentava-me àquelas crianças como uma mãe servidora. Mas as flores e o diadema na cabeça indicavam que já estava na glória do céu.

Comecei, então, a dar uma primeira lição de catequese a eles, que não tinham praticamente nenhuma formação religiosa. Falava sobre a fome e o abandono da religião: "Se meu povo não quiser aceitar, vejo-me forçada a deixar cair o braço de meu Filho. É tão forte e tão pesado que não posso mais segurar. A tanto tempo que sofro por vocês". Disse ainda: "Os que conduzem os carros de boi, não o fazem sem abusar do nome de meu Filho. Se a colheita se estraga, não é senão por sua causa. Bem que mostrei no ano passado com a colheita das batatas e não fizeram caso. Ao contrário, quando encontravam estragadas, era então que, em tom de revolta, pronunciavam o nome de meu Filho". As crianças sabiam que essas coisas realmente estavam acontecendo naquela região. Eles ouviam com atenção e não pensavam em mais nada. Continuei: "Receberam seis dias para trabalhar, e deveriam reservar o sétimo, e não me querem conceder. É o que faz pesar tanto o braço de meu Filho". Eram lições básicas de uma catequista que ensina os mandamentos de guardar o domingo, dia do Senhor, e não tomar o Santo Nome de Deus em vão. Eles tinham um pouco de dificuldade para entender algumas palavras em francês, então passei a utilizar seu dialeto local e entenderam perfeitamente. Pedi que fosse construída uma Igreja naquele lugar da aparição.

Foi então que contei, individualmente, alguns segredos para cada uma das crianças pedindo para não revelarem antes que chegasse a hora. Primeiro falei com Maximino, sem que Melânia conseguisse me ouvir. Depois foi a vez dela e ele não podia escutar. Por fim, falei com os dois: "Se se converterem, as pedras e os rochedos se transformarão em montões de trigo, e as batatinhas serão semeadas nos roçados". Eles conheciam perfeitamente a dor da fome e sorriram ao ouvir essas palavras. Perguntei, então: "Vocês fazem direitinho suas orações?". Eles foram sinceros e responderam: "Não muito". Então eu falei: "Meus filhos, é preciso rezar de noite e de manhã, dizendo ao menos um Pai-nosso e uma Ave-Maria quando não puderem rezar mais. Se for possível rezar mais, rezem!". Lembrei a Maximino a tragédia da praga que colocou todo o trigo a perder. Ele recordou que isso provocou a carência de pão. Era o momento da despedida e minha última recomendação foi: "Pois bem, meus filhos, transmitam isso a todo o meu povo". Ao me despedir, Maximino, sempre peralta, tentou pegar uma das rosas sob meus pés, mas não conseguiu.

Durante toda as suas vidas os dois videntes sempre repetiram a mesma história para maravilha de alguns e dúvida de outros.

Maximino acabou admitido ao Colégio das Irmãs da Providência, em sua cidade. Aprendeu a ler e escrever, falar francês e frequentou a catequese para receber a Primeira Comunhão. Era comum que ele subisse a montanha com peregrinos para repetir o que tinha visto naquele dia 19 de setembro de 1846. Não faltou quem tentasse usar o fato distorcendo e manipulando. Mas ele manteve-se sempre fiel ao mesmo relato, nada mudando ou acrescentando. Chegou a pensar em ser padre, mas não perseverou. Tentou também ser médico, mas a vida lhe reservou grandes desafios e, até mesmo, pobreza, miséria e fome. No ano de 1874 contraiu uma grave doença e subiu pela última vez a montanha de La Sallete, onde repetiu sua história aos peregrinos. No ano seguinte, Maximino daria o seu último suspiro, após se confessar e comungar. Não levou uma vida exemplar e reconhecia isso abertamente: "Ela se elevou e desapareceu... e me deixou com todos os meus defeitos". Seu último desejo foi que seu coração repousasse na minha Basílica de La Salette: "Creio firmemente, mesmo ao preço de meu sangue, na célebre Aparição da Santíssima Virgem sobre a Santa Montanha de La Salette, a 19 de setembro de 1846. Aparição que defendi por palavras, por escritos e por sofrimentos... Com esses sentimentos dou meu coração a Nossa Senhora de La Salette".

Melânia continuou seus serviços após a aparição. Foi admitida também aos estudos no Colégio das Irmãs da Providência. Aprendeu a ler e escrever, com alguma dificuldade. Também ela fez a catequese e recebeu a Primeira Comunhão. Nunca teve muita afinidade com Maximino, apesar de também voltar com frequência a La Salette para contar sua história aos peregrinos. Tinha um temperamento muito difícil. Entrou para o convento com o desejo de tornar-se religiosa. Fez os primeiros votos e assumiu como nome Irmã Maria da Cruz. Mas manteve o costume de se isolar e tinha a autoimagem inflada. Infelizmente foi fortemente influenciada por pessoas com ideias apocalípticas. Por isso, o novo bispo de Grenoble, dom Ginoulhiac, resolveu não admiti-la aos votos perpétuos. Ela alimentou esse ressentimento por toda a vida. Isso consolidou nela as ideias apocalípticas e passou a reler o "segredo" nessa perspectiva. Em 1851, ela, e também Maximino, por recomendação do bispo, escreveram uma carta com o "segredo" para ser enviada ao papa Pio IX. A partir de então sua vida foi uma tortuosa passagem por diversas congregações na Inglaterra, na Itália e na França, sempre traída por sua personalidade fantasiosa, egocêntrica e narcisista. Em 1879 escreveu um livro revelando seu famoso "segredo". Era, na verdade, o "segredo de Melânia", cheia de ideias críticas, catastróficas e apocalípticas. Chegou a fundar a Congregação dos Apóstolos dos Últimos Tempos. O livro e a congregação não foram aprovados pela Igreja. Em 1902 foi, pela última vez, a La Salette e contou de novo sua história, exatamente como fizeram em 1846. Confessou aos presentes: "Já não sei o que é meu e o que é de outros, mas o que se passou a 19 de setembro de 1846 é como acabo de vos contar". Viveu seus últimos dias na Província de Bari, na Itália, em uma vida de oração e penitência. Faleceu no dia 15 de dezembro de 1904.

Essa história mostra como Deus pode escolher também pessoas simples e cheias de defeitos para transmitir os "segredos do céu". Melânia e Maximino nunca se tornaram santos canonizados pela Igreja. Antes, são exemplo dos meus filhinhos que precisam de atenção, cuidado, catequese, educação, carinho, amor. Minha presença em La Salette continua atraindo pessoas do mundo inteiro para uma experiência de fé e devoção. As lágrimas de uma "Bela Senhora" continuam tocando até os corações mais duros. La Salette fortalece as mães que choram por causa dos seus filhos e transformam suas lágrimas em preces. Choram e oram com fé. São mães de joelhos que colocam seus filhos em pé!

CAPÍTULO 26

A IMACULADA CONCEIÇÃO

Apesar de ser o primeiro toque extraordinário de Deus em minha vida, ser concebida sem a mancha do pecado original, essa verdade levaria quase dois mil anos para ser reconhecida oficialmente como um dogma da Igreja Católica. Isso aconteceu no dia 8 de dezembro de 1854 por uma decisão do papa Pio IX. Mas por que levou tanto tempo, se desde as origens mais remotas do cristianismo se acreditava e celebrava essa verdade? Desde 1830, com a aparição a Catarina de Labouré haviam se popularizado as "Medalhas Milagrosas" com os dizeres: "Ó Maria *concebida sem pecado*, rogai por nós que recorremos a vós". A devoção crescia no mesmo ritmo em que esfriava a fé em muitos lugares, especialmente na Europa e, de modo todo especial, na França. Meu coração de mãe acompanhava em prece todos esses dramas. Era como se houvesse um conflito entre a mente e o coração da Igreja, que é "corpo místico de meu Filho". A unidade estava em risco e eu sabia muito bem o perigo que isso representava.

É curioso que o primeiro adjetivo utilizado para me descrever nos Evangelhos foi "mãe"; depois os teólogos dos primeiros séculos como Inácio de Antioquia, Justino e Irineu de Lião acrescentaram "virgem", inspirados na clara afirmação dos evangelistas Lucas e Mateus: "A virgem conceberá...". Depois começaram a utilizar "santa" e "pura". Na Igreja Oriental chamavam-me de *Panaghia*, ou seja, "Toda Santa", pois toda pertencente ao *Panaghion*, o "Todo Santo". Mas não faltava quem duvidasse dessa afirmação achando que até mesmo a Mãe de Deus poderia ter algum defeito, mancha ou pecado.

Aos poucos percebi que se formaram dois grupos entre os meus filhos, em um intenso debate. Alguns defendiam que eu era imaculada, outros sustentavam que eu tinha alguma "mácula" ou defeito. Essa discussão durou séculos. Mas a verdade é que, enquanto os teólogos discutiam, o povo celebrava minha Imaculada Conceição com intensa devoção. No final do século 16, a Igreja adotou oficialmente a festa da imaculada, mesmo ainda sem o consenso dos teólogos. Aos poucos, alguns foram chegando à conclusão de que a devoção do povo simples, afinal, poderia ter razão. Os sábios discutiam e o povo celebrava.

Por fim, houve um teólogo franciscano chamado João Duns Scotus que conseguiu unir inteligência e devoção. Ele encontrou argumentos convincentes para afirmar que eu havia sido Imaculada, ou seja, preservada da mancha do pecado original. Ele disse: "Convinha a Deus, Ele podia fazê-lo, então o fez!". Começaram a entender que aquele "cheia de graça" que o anjo Gabriel havia me dito em Nazaré era mesmo pra valer. Fiquei cheia da "graça original" para poder dizer meu sim com total liberdade, sem qualquer condicionamento de pecado. E assim foi.

Os debates continuaram, mas a Igreja já estava convencida dessa verdade celebrada desde os primórdios do cristianismo. Por isso, o papa Pio IX, após consultar os bispos do mundo inteiro, resolveu proclamar solenemente esse dogma de fé: minha Imaculada Conceição.

O povo imaginava que logo em seguida seria proclamado o dogma da minha "Assunção ao Céu". Mas isso teria que esperar mais um século. Somente no dia 1º de novembro de 1950 o papa Pio XII, proclamou: "A Imaculada sempre Virgem Maria, Mãe de Deus, ao terminar o curso da sua vida terrena, foi assunta de alma e corpo à Glória Celeste".

Completava-se assim o mosaico dos quatro dogmas marianos: Virgem, Mãe, Imaculada e Assunta. Acabou? A devoção popular continua com sua sensibilidade simples, sábia e orante a pedir a minha intercessão de Mãe, chamando-me de Medianeira, Advogada, Senhora da Ajuda, Auxiliadora, Socorro. Naturalmente, "isso entende-se de maneira que nada tire nem acrescente à dignidade e eficácia do único mediador, que é meu Filho, Jesus Cristo". Alguns, mais entusiasmados, me chamam de "corredentora". O povo, de maneira mais simples e modesta, simplesmente acredita na minha ajuda materna junto ao meu Filho, Jesus. Passará mais algum tempo de debates teológicos, enquanto o povo continuará a repetir todo dia: "rogai por nós"!

Capítulo 27

NOSSA SENHORA DE LOURDES

Após a promulgação do Dogma da Imaculada Conceição, em 1854, passaram-se poucos anos e, em 1858, aconteceria, no sul da França, uma nova experiência espiritual que chamaria a atenção do mundo inteiro, doze anos após a minha aparição em La Salette. No dia 11 de fevereiro daquele ano, eu apareceria, sob a forma de uma visão, em uma gruta nos arredores da cidade de Lourdes à humilde Bernadette Soubirous, na época com 14 anos. Ela teve dezoito visões até o dia 16 de julho de 1858. A cidade tinha em torno de 4 mil habitantes. Como diria o papa Leão XIII mais tarde: "É para as classes desafortunadas que o coração de Deus parece inclinar-se mais".

Bernadette era muito pobre. Filha de Francisco Soubirous e Luísa Castèrot, seu pai havia ficado cego de um olho em um acidente de trabalho. Chegou a ser preso injustamente e absolvido. Era a primeira de nove filhos. A família passava por sérias necessidades. Moravam de favor na casa de um parente e, depois, no prédio abandonado da cadeia municipal, *cachot*, em francês. Em meio a tudo isso, Bernadette ficou gravemente enferma de cólera cujos efeitos a acompanhariam na forma de asma até seus últimos dias. Não sabia ler nem escrever. Falava apenas o dialeto. Não sabia francês. Era maltratada. Mas para ela estava preparada uma incrível e extraordinária experiência espiritual.

    Com sua irmã mais nova e uma amiga foram apanhar lenha para vender e para poder comprar pão. Era necessário atravessar um riacho. As duas atravessaram, mas Bernadette, por causa da asma, demorou mais. Já estava decidida a atravessar o pequeno rio e tirava as meias, quando sentiu o rufar de uma leve brisa. Olhou então para a gruta ao lado e me viu na aparência de uma jovem vestida de branco, pequena como ela, com uma faixa azul, um rosário e nos pés duas rosas douradas. Imediatamente se ajoelhou e queria fazer o sinal da cruz, mas não conseguia. Fiz o sinal da cruz. Ela, então, conseguiu repetir o gesto e começou a rezar o Terço. Depois daquele dia, Bernadette encheu-se de forças para carregar a lenha e enfrentar os trabalhos do dia a dia. Ela queria manter o segredo, mas sua irmã contou tudo para sua mãe. As duas receberam um castigo.

    Três dias depois voltaram à gruta com água benta para ver se não era algo maligno. Mas na sua visão inclinei a cabeça em forma de gratidão. As minhas aparições continuaram e chamavam, cada vez mais, a atenção do povo.

    São quatro minhas mensagens em Lourdes: pobreza, oração, penitência e Imaculada Conceição. Bernadette continuou me vendo na forma de uma jovem senhora. Nada conversávamos. Apenas rezávamos. Nada a distraía naquele momento, nem o estímulo dos médicos, que certa ocasião tentaram até utilizar fogo para retirá-la do êxtase. Porém, ela estava totalmente mergulhada na experiência mística. No terceiro encontro ela me ouviu dizer: "Não prometo fazer-lhe feliz neste mundo, mas no outro". No oitavo encontro eu lhe disse: "Penitência! Reza a Deus pela conversão dos pecadores". No nono mandei Bernadette escavar no chão e surgiu uma fonte de água pura. Lourdes tornou-se uma questão nacional e a gruta chegou a ser interditada pelo governo. Em 1860, o bispo local declarou que realmente era eu, a Virgem Maria, que havia aparecido a Bernadette.

Após a décima segunda aparição aconteceu o primeiro milagre. Uma senhora com o ombro deslocado, o punho quebrado e os dedos retorcidos foi à fonte às 3 horas da madrugada. Ao colocar o braço na água, ficou completamente curada. Estava grávida. Voltou para casa e deu à luz seu filho que, anos mais tarde, foi ordenado sacerdote.

Um fato curioso é que a pobrezinha Bernadette sequer sabia direito que aquela Bela Senhora era eu e não tinha a mínima condição de entender o complexo significado do que seria o "Dogma da Imaculada Conceição", promulgado quatro anos antes. Era demais para a sua cabeça. Mas no dia 25 de março, exatamente na festa da Anunciação, ela me escutou dizer assim: "Sou a Imaculada Conceição". Não entendeu o significado das palavras, mas repetiu justamente o que ouviu ao padre da região, que havia pedido um sinal de que as aparições eram mesmo verdadeiras. O sacerdote ficou muito admirado com as palavras daquela menina, que sequer havia feito a Primeira Comunhão. Como ela poderia entender de teologia se não sabia falar direito o francês?

Após as aparições terminarem, Bernadette continuou vivendo uma vida de serviço e doação a quem precisava mais. Com 22 anos entrou para o convento onde passou todos os dias de sua vida como enfermeira. Entendeu a lição de meu Filho, que reinar é servir. Morreu com 35 anos, em 19 de abril de 1879. Após trinta anos de sua morte foi constatado que seu corpo estava intacto. Foi canonizada pelo papa Pio XI em 8 de dezembro de 1933. Acompanhei com muito carinho cada momento da vida dessa filha predileta e a acolhi com um abraço materno no céu.

Capítulo 28

O SEGREDO DE FÁTIMA

Sem dúvida, minhas aparições na aurora do século 20 em Fátima, Portugal, àqueles três pequenos pastores é a que teve maior alcance e significado mundial. À medida que o mundo se tornava uma aldeia global, com o avanço da industrialização, crescia a polarização social, política e econômica. De um lado, o socialismo comunista e do outro, o capitalismo liberal. O papa Leão XIII havia publicado, em 1891, sua primeira encíclica social, a *Rerum Novarum*, na qual procurava uma terceira via que garantisse o equilíbrio entre o capital e o trabalho e defendesse os direitos dos operários. Crescia um processo de secularização da sociedade com a separação entre Igreja e Estado. As ideias modernistas conquistavam as mentes. O resultado de toda essa agitação foi a eclosão da Primeira Guerra Mundial, em 1914, que se prolongaria até 1918. É nesse contexto, ao som das bombas e ao sabor dos conflitos mais sangrentos, que três crianças experimentaram meu amor de Mãe do Céu, no dia 13 de maio de 1917 e minha mensagem de paz. Eram Lúcia dos Santos (10 anos),

Francisco Marto (9 anos) e Jacinta Marto (7 anos), que afirmavam terem visto "uma senhora mais brilhante do que o Sol". Estava sobre uma azinheira a pouco mais de um metro de altura. Tivemos seis encontros entre 13 de maio e 13 de outubro. Lúcia falava, ouvia e conversava comigo. Jacinta via e ouvia, enquanto Francisco apenas via.

Em 1915, Lúcia, com algumas companheiras, haviam presenciado algo diferente sobre uma pequena árvore enquanto pastoreavam o rebanho e rezavam o Terço, mas logo desapareceu. Na primavera de 1916 apareceu-lhe, com Francisco e Jacinta, o Anjo da Paz e ensinou a rezar: "Meu Deus, eu creio, adoro, espero e amo-vos. Peço-vos perdão para os que não creem, não adoram, não esperam, e não vos amam!". No verão, o mesmo anjo apareceu e pediu que fizessem sacrifícios em reparação pelos pecados e pela conversão dos pecadores. Então ele se apresentou como o "Anjo de Portugal". No outono, o anjo apareceu e trazia um cálice e uma hóstia. Ele ensinou uma nova oração: "Santíssima Trindade, Pai, Filho e Espírito Santo, adoro-vos profundamente e ofereço-vos o Preciosíssimo Corpo, Sangue, Alma e Divindade de Jesus Cristo, presente em todos os Sacrários da terra, em reparação dos ultrajes, sacrilégios e indiferenças com que Ele mesmo é ofendido. E pelos méritos infinitos do Seu Santíssimo Coração e do Coração Imaculado de Maria, peço-vos a conversão dos pobres pecadores".

Entramos no ano de 1917. Na pequena localidade de Aljustrel, em Portugal, moravam cerca de 25 famílias. Lúcia era a caçula dos sete filhos de Maria Rosa e Antônio dos Santos. Seus primos, Jacinta e Francisco, eram filhos de Manuel Marto e Olímpia de Jesus que tinham ao todo nove filhos. Os três não haviam frequentado a escola e não sabiam ler e escrever.

Naquele dia 13 de maio estavam cuidando dos rebanhos, na Cova da Iria, um lugar que pertencia aos pais de Lúcia nos arredores de Fátima. Era por volta do meio-dia e, ao terminarem de rezar o Terço, viram um grande clarão, depois outro. Pareciam relâmpagos. Acharam que o tempo estava mudando e resolveram ir embora, mas apareceu outro clarão e foi então que me viram na forma de "uma Senhora vestida de branco, mais brilhante que o Sol, espargindo luz mais clara e intensa que um copo de cristal cheio de água cristalina, atravessado pelos raios do sol mais ardente", como descreveria Lúcia alguns anos mais tarde. Ela diria ainda: "A sua face, indescritivelmente bela não era nem triste, nem alegre, mas séria, com ar de suave censura. As mãos juntas, como a rezar, apoiadas no peito e voltadas para cima. Da mão direita pendia um rosário. As vestes pareciam feitas só de luz. A túnica era branca e branco o manto, orlado de ouro que cobria a cabeça da Virgem e lhe descia até aos pés. Não se lhe viam os cabelos nem as orelhas".

O diálogo que se seguiu ficou marcado para sempre na memória daquelas crianças: "Não tenham medo. Não farei mal a vocês". Lúcia me perguntou: "Donde é Vossemecê?". "Sou do Céu", apontei para o céu. "E que é que Vossemecê me quer?" "Vim para pedir que vocês venham aqui seis meses seguidos, no dia 13, a esta mesma hora. Depois lhes direi quem sou e o que quero. Depois voltarei ainda aqui uma sétima vez." Lúcia então perguntou na maior simplicidade: "E eu também vou para o Céu?" "Sim, vai." "E a Jacinta?" "Também." "E o Francisco?" "Também, mas precisa rezar muitos Terços." Perguntaram, ainda, sobre pessoas conhecidas que já haviam morrido, se estavam no céu. Enfim, eles ouviram meu apelo: "Vocês querem oferecer-se a Deus para suportar todos os sofrimentos que Ele quiser enviar, em ato de reparação pelos pecados com que Ele é ofendido e de súplica pela conversão dos pecadores?". Ao que prontamente responderam: "Sim, queremos." "Vocês terão muito que sofrer, mas a graça de Deus será o seu conforto." Então abri minhas mãos maternas e derramei luzes de bênçãos sobre eles, que se colocaram de joelhos a rezar. Minha última recomendação dessa primeira aparição foi: "Rezem o Terço todos os dias para alcançarem a paz para o mundo e o fim da guerra".

Minha segunda aparição aconteceu no dia 13 de junho do mesmo ano. Além dos pequenos pastores, estavam ali cerca de cinquenta pessoas que haviam ouvido falar da primeira aparição. Exatamente ao meio-dia, a hora marcada, apareceram os clarões no céu. O sol parecia se escurecer um pouco. Todos ouviam apenas Lúcia falar. Ela, mais tarde, revelou o diálogo: "Vossemecê que me quer?". Respondi: "Quero que vocês venham aqui no dia 13 do mês que vem, que rezem o Terço todos os dias e que aprendam a ler. Depois, direi o que quero". Lúcia pediu que um doente fosse curado e teve a garantia de que a cura seria fruto de sua conversão. Pediu para que os três fossem levados para o céu. Revelei que em breve levaria a Jacinta e o Francisco, mas que ela ficaria mais tempo nesta terra para promover a devoção ao meu Imaculado Coração. Ela ficou um pouco triste por ter que ficar sozinha. Mas eu lhe dei uma garantia: "O meu Imaculado Coração será o seu refúgio e o caminho que conduzirá você até Deus". Novamente derramei sobre eles bênçãos de luz.

A terceira aparição aconteceu no dia 13 de julho do mesmo ano. Lúcia me fez a costumeira pergunta: "Vossemecê que me quer?". Pedi retornarem mais uma vez no mesmo dia e no mesmo horário no mês seguinte e para rezarem o Terço todos os dias pela paz no mundo e pelo fim da guerra. Garanti que em outubro revelaria quem eu era e faria um milagre para que todos acreditassem na aparição. Lúcia trazia uma lista de pedidos. Depois eu disse: "Façam sacrifícios pelos pecadores e digam muitas vezes e em especial quando fizerem algum sacrifício: 'Ó Jesus, é por vosso amor, pela conversão dos pecadores e em reparação pelos pecados cometidos contra o Imaculado Coração de Maria'". De novo abri as mãos e lhes concedi bênçãos de luz.

Chegou então o momento de revelar um segredo em três partes. Recomendei que não contassem a ninguém, apenas ao Francisco, que não havia ouvido nada. Pedi para, ao final de cada mistério do Terço, eles dizerem: "Ó meu Jesus! Perdoai-nos e livrai-nos do fogo do Inferno, levai as almas todas para o Céu, e socorrei principalmente as que mais precisarem". Lúcia ainda perguntou, como era de seu costume: "Vossemecê não me quer mais nada?". "Não, minha filha." Ouviu-se um trovão e a aparição cessou.

No mês seguinte um fato lamentável aconteceu. Às vésperas do dia marcado para a quarta aparição os pastorinhos foram raptados pelo administrador de Vila Nova de Ourém que queria por força saber o segredo que eu havia revelado na aparição anterior. Na Cova da Iria o povo presenciou todos os fenômenos externos como o trovão e os relâmpagos. Uma nuvem branca ficou sobre a azinheira. Os pastorinhos, por sua vez, sofriam ameaças de todos os tipos, mas não revelaram o segredo. Só puderam voltar para Fátima no dia 15 de agosto. Foi então que, no dia 19 de agosto, encontrei meus pequenos filhos em outro local, pelas 4 horas da tarde. Como sempre Lúcia perguntou o que eu queria e respondi que deveria ir à Cova da Iria no dia 13 e continuar a rezar o Terço todos os dias. No último mês receberiam um sinal. Recomendei que fizessem andores com o dinheiro que os devotos deixavam, para bem celebrar a festa de Nossa Senhora do Rosário. Recomendei ainda: "Rezem, rezem muito e façam sacrifícios pelos pecadores, que muitas almas vão para o inferno por não haver quem se sacrifique e peça por elas". E a aparição cessou como de costume.

No dia 13 de setembro estima-se que já estivessem entre 15 a 20 mil pessoas no lugar das aparições. O sol escureceu até ficar quase noite. Tudo aconteceu como de costume nas minhas outras aparições.

Chegou então o prometido dia 13 de outubro. Seria a minha sexta aparição. Havia ao menos 50 mil pessoas na Cova da Iria. Chovia muito e as pessoas disputavam um lugar na lama. Após a oração do Terço, Lúcia me perguntou como sempre: "Que é que Vossemecê me quer?". Respondi: "Quero pedir que façam aqui uma capela em minha honra, que sou a Senhora do Rosário, que continuem sempre a rezar o Terço todos os dias. A guerra vai acabar e os militares voltarão em breve para suas casas". Terminada minha aparição, Lúcia pediu para a multidão olhar para o sol e foi possível ver a Sagrada Família ao lado do brilho daquela luz. Aconteceu algo extraordinário que ficou conhecido como o "Milagre do Sol" e que durou uns dez minutos.

Após esses fatos, Jacinta ainda teve algumas aparições particulares em que pode me ver, antes de ela e Francisco ficarem gravemente enfermos. Francisco faleceu no dia 4 de abril de 1919 e Jacinta no dia 20 de fevereiro do ano seguinte. Foi lindo o momento do nosso reencontro no céu.

A capelinha das aparições foi construída em 1919, conforme eu havia pedido. Também apareci algumas vezes pessoalmente para a Lúcia. Ela sempre entendeu que a sétima aparição prometida aconteceu em nosso encontro no dia 15 de junho de 1921. Ela teve longa vida de quase 100 anos como religiosa da Ordem das Carmelitas Descalças, em Coimbra, Portugal.

Acompanhei muitos comentários fantasiosos e sensacionalistas, sobre "terceiro segredo de Fátima". Na verdade, era um segredo em três partes. Em 1941, a pedido do bispo de Leiria, Lúcia revelou as duas primeiras partes. A primeira foi a visão do inferno. Na segunda, eu recomendava a devoção ao meu Imaculado Coração e indicava os imensos danos que seriam provocados pelo sistema comunista ao abandonar e até perseguir a fé cristã. Mas a última palavra era sempre de esperança: "Por fim, o meu Imaculado Coração triunfará. O Santo Padre consagrar-me-á a Rússia, que se converterá, e será concedido ao mundo algum tempo de paz".

Obediente ao bispo de Leiria, Irmã Lúcia escreveu a polêmica terceira parte do segredo em uma carta, em 1944. Porém, na parte de fora do envelope deixou uma recomendação: "Para ser aberto apenas depois de 1960". Mais tarde ela revelaria que essa data não fazia parte do segredo, mas foi apenas uma intuição dela mesma. O bispo guardou cuidadosamente o envelope e, em 1957, o enviou, sem ler, para os arquivos secretos do Vaticano, reservado ao Santo Padre, o Papa.

No dia 17 de agosto de 1959, o envelope foi entregue ao então papa João XXIII que se reservou o direito de ler com seu confessor. Depois tornou a fechá-lo e mandou arquivar, sem revelar o conteúdo da mensagem. "Aguardemos. Rezarei. Far-lhe-ei saber o que decidi." Foi tudo o que ele disse. Aumentavam as especulações sobre minha mensagem que iam de uma guerra atômica ao fim do mundo. A criatividade não tinha limites. No dia 27 de março de 1965, o papa Paulo VI leu o conteúdo junto ao seu secretário e mandou arquivar novamente, sem revelar o que havia de tão especial naquela pequena folha de papel. O papa João Paulo I, em seu curto pontificado de apenas um mês, em 1978, não teve tempo de ler o segredo. Em seu lugar foi eleito João Paulo II, que não leu a terceira parte do segredo naquele ano, nem em 1979, nem mesmo em 1980. Todos sabem o que aconteceu em 1981. No dia 13 de maio, na Praça de São Pedro, o papa sofreu um atentado que quase lhe custou a vida. Ao perceber que era dia da festa das minhas Aparições em Fátima, lembrou-se da pequena carta de Irmã Lúcia, cuidadosamente guardada nos arquivos do Vaticano. Era hora de ler o que estava escrito naquele "terceiro segredo", tão bem guardado por mais de sessenta anos.

Capítulo 29

UM PAPA NO COLO DA MÃE

Quero contar uma das páginas mais dramáticas desses dois mil anos de cristianismo que acompanhei bem de perto com meu socorro e intercessão. Acompanhei com olhar de mãe. Era um filho muito querido, totalmente consagrado a mim.

Tudo aconteceu em Roma, na manhã do dia 13 de maio de 1981. A Praça São Pedro estava repleta de peregrinos. Enquanto o papa João Paulo II se preparava para mais uma audiência, o terrorista turco Mehmet Ali Ağca, um jovem de apenas 23 anos, estava a postos, com sua pistola semiautomática, para colocar em prática o terrível plano de matar o pontífice. Ele já havia assassinado um jornalista em 1979. Tinha sido condenado à morte, mas conseguiu escapar da prisão. Agora seu alvo era o papa polonês que, em poucos anos, se tornara uma liderança mundial e apoiava na Polônia a organização do sindicato Solidarność, "Solidariedade", do líder sindical Lech Wałęsa. Para a vitória contra o comunismo foi fundamental um discurso de João Paulo II no dia 2 de junho de 1979 em que ele convocava todos a não ter medo de realizar essa "revolução pacífica". Dez anos depois, o bloco socialista do leste europeu estaria definitivamente dissolvido e Lech Wałęsa venceria as primeiras eleições livres. Seu primeiro gesto seria ir a Roma e agradecer o apoio do papa. O muro de Berlim seria simbolicamente destruído e o mapa político do mundo estaria definitivamente modificado.

Em 1981, João Paulo II preparava sua primeira encíclica social, a *Laborem Exercens*. Seria uma comemoração dos noventa anos da publicação da primeira encíclica social pelo papa Leão XIII, em 15 de maio de 1891. O jovem papa trabalhador agora iria estender a reivindicação de dignidade para todos os trabalhadores e trabalhadoras do mundo. Defenderia a legitimidade das organizações sindicais e, até mesmo, o direito à greve. Em janeiro daquele ano, Wałęsa visitou o papa e conversaram sobre tudo isso. A "solidariedade" se tornaria a chave mestra de sua doutrina social. Na *Laborem Exercens* ele usa nada menos que doze vezes essa palavra. Em 1987, ele lançaria toda uma encíclica social sobre o tema: *Sollicitudo Rei Socialis*, em que a palavra "solidariedade" aparece 27 vezes. Podemos dizer que João Paulo II foi o papa da solidariedade.

Muita gente percebia que a crescente liderança mundial do papa polonês poderia ser fatal para o comunismo. Muitos dizem que Ağca fazia parte de uma organização fascista e terrorista chamada "Lobos Cinzentos", que entre 1974 e 1980 já havia assassinado cruelmente 694 pessoas. Ağca sempre negou essa conexão, apesar de que o governo italiano estivesse convencido de que a motivação do atentado seria política e apoiada pela então União Soviética por causa do apoio explícito do papa ao Sindicato Solidariedade. O próprio papa, porém, negou essa versão, em 2002, durante sua visita à Bulgária.

Atirador experiente, Ağca colocou-se em um lugar estratégico naquela tarde, em meio à multidão que se comprimia para ver o papa popular que iria passar. Ele não precisaria mais do que um ou dois tiros para atingir seu objetivo. O dia era extremamente simbólico. Para os que apenas viam as coisas da terra, era a antevéspera do aniversário de 90 anos da *Rerum Novarum*. Esse seria inclusive o tema que o papa havia preparado para falar e não teve a oportunidade. Especulava-se que ele iria lançar uma nova e revolucionária encíclica que poderia ser fatal para o avanço do bloco socialista no leste europeu. Era preciso parar aquele homem. Era um dia social.

Mas a data e o horário evocavam outro fato, menos terreno e muito mais celestial: os sessenta anos da minha primeira aparição em Fátima. O lema pontifício de João Paulo II era *Totus tuus ego sum, Maria, et omnia mea tua sunt*: "Sou todo teu, Maria, e tudo o que é meu é teu". O perverso plano de matar o papa olhava para as coisas da terra, mas não contava com as coisas do céu.

Eram 17h17 quando o papamóvel passeava lentamente no meio do povo na Praça São Pedro. Em um gesto de ternura que costumava repetir, o papa pediu que o carro parasse e tomou uma menina de 2 anos nos braços, abençoou-a e devolveu-a aos pais emocionados. Era lindo ver sua filha no colo do papa. A multidão eufórica comentava a cena. De repente ouviu-se um tiro. Silêncio total. Ninguém entendeu o que estava acontecendo. Outro tiro. O papa foi atingido e imediatamente amparado pelo seu secretário Stanislaw. O atirador havia sido certeiro. O primeiro tiro atravessou o corpo do papa em seu intestino delgado e a bala caiu dentro do papamóvel. O segundo tiro atingiu o cotovelo, o dedo indicador esquerdo e feriu duas peregrinas que estavam próximas. O povo atônito via a mancha de sangue na veste branca do papa. Lágrimas de incompreensão.

Era preciso pressa. O papamóvel foi levado aos serviços de emergência do Vaticano onde o médico pessoal do papa já esperava. Sangrava muito. João Paulo II, com muitas dores, ainda estava consciente e acompanhava tudo, mas ao chegar no Hospital Gemelli perdeu completamente a consciência. O mundo parou. Na Praça de São Pedro, Ağca foi identificado e preso. Mas as atenções se voltavam todas para o hospital, onde o papa era submetido a uma complexa cirurgia de cinco horas. Os médicos chegaram a duvidar que ele iria suportar o golpe. O cardeal Stanislaw deu a Unção dos Enfermos ao amigo.

Na prisão, Ağca não entendia como o papa poderia ainda estar vivo. Ele havia ensaiado muito aquele tiro. Tinha certeza de que fizera tudo de maneira precisa. Durante a cirurgia os médicos observavam que estranhamente a bala havia se desviado dentro do corpo do papa. Somente a intervenção de alguma força não humana poderia explicar aquilo.

O céu sorria e festejava a vitória da vida. Naquele dia de dor pude acolher o papa em meu colo de mãe, como fiz com meu filho quando o desceram da cruz. Mas, desta vez, a morte não venceria sequer uma batalha. Em algumas semanas, João Paulo II estava novamente no Vaticano, mas teve que retornar ao hospital, pois apareciam algumas complicações. Só retornaria definitivamente para casa em 15 de agosto, festa da minha Assunção ao Céu.

Ao recuperar a consciência, João Paulo II lembrou-se de que tudo tinha acontecido no dia 13 de maio e reconheceu que "havia sido salvo pela mão de Nossa Senhora de Fátima". Ele mesmo disse: "Eu poderia esquecer que o evento na Praça de São Pedro teve lugar no dia e na hora em que a primeira aparição da Mãe de Cristo aos pastorinhos estava sendo lembrada por sessenta anos em Fátima, Portugal? Mas, em tudo o que aconteceu comigo naquele mesmo dia, senti que a proteção extraordinária maternal e cuidadosa, acabou por ser mais forte do que a bala mortal".

Um ano depois, no dia 13 de maio de 1982, o papa visitou pela primeira vez meu Santuário, em Fátima. A bala que o atingiu foi entregue ao bispo de Leiria, que determinou que fosse definitivamente incrustada na coroa da imagem.

Em 1983, o papa dirigiu-se até o Presídio de Rebibbia, em Roma, para visitar Mehmet Ali Ağca e dar-lhe o perdão. O agressor lhe perguntou: "Por que o senhor não morreu? Eu sei que mirei certo. Eu sei que o projétil era devastador e mortal. Então por que o senhor não morreu?". O papa apenas sorriu. Mais tarde ele explicou: "Uma mão disparou. Mas outra mão guiou a bala". No céu meu Filho e eu trocamos olhares de sorriso.

Enquanto ainda se recuperava do atentado, João Paulo II lembrou-se do meu terceiro segredo, em Fátima. Pediu, então, ao seu secretário para buscar nos arquivos secretos o famoso envelope da Irmã Lúcia, lido e arquivado novamente por seus predecessores, fonte de tantas e tantas especulações. O que estaria, afinal, escrito naquela profecia? Qual seria o segredo?

Achei bonito que, antes mesmo de ler o segredo, seu primeiro gesto foi escrever pessoalmente um ato de consagração do mundo ao meu Imaculado Coração. O "ato de entrega" foi celebrado no dia 7 de junho de 1981 na Basílica Santa Maria Maior, em Roma, celebrando os 1550 anos do Concílio de Éfeso, que proclamou o dogma da "Mãe de Deus":

> Ó Mãe dos homens e dos povos,
> Vós conheceis todos os seus sofrimentos
> e as suas esperanças,
> Vós sentis maternalmente
> todas as lutas entre o bem e o mal,
> entre a luz e as trevas, que abalam o mundo,
> acolhei o nosso grito,
> dirigido no Espírito Santo
> diretamente ao vosso Coração,
> e abraçai com o amor da Mãe e da Serva do Senhor
> aqueles que mais esperam
> por este abraço e, ao mesmo tempo,
> aqueles cuja entrega também
> Vós esperais de maneira particular.
> Tomai sob a vossa proteção materna
> a família humana inteira,
> que, com enlevo afetuoso,
> nós Vos confiamos, ó Mãe.
> Que se aproxime para todos
> o tempo da paz e da liberdade,
> o tempo da verdade,
> da justiça e da esperança.
> Amém.

No dia 18 de julho de 1981 o envelope contendo a terceira parte do segredo de Fátima foi finalmente entregue nas mãos do papa, que permaneceu com ele até o dia 18 de agosto, quando foi novamente arquivado. Ele repetiu a consagração do mundo inteiro ao meu Imaculado Coração no dia 13 de maio de 1982, em sua visita à Fátima. Depois convocou os bispos do mundo inteiro para repetir esse gesto no dia 25 de março de 1984: "De modo especial vos entregamos e consagramos aqueles homens e aquelas nações que desta entrega e desta consagração têm particularmente necessidade". E fez uma verdadeira ladainha de pedidos por minha intercessão materna:

> Da fome e da guerra, livrai-nos!
> Da guerra nuclear, de uma autodestruição incalculável,
> de toda a espécie de guerra, livrai-nos!
> Dos pecados contra a vida do homem
> desde os seus primeiros instantes, livrai-nos!
> Do ódio e do aviltamento da dignidade
> dos filhos de Deus, livrai-nos!
> De todo tipo de injustiça na vida social,
> nacional e internacional, livrai-nos!
> Da facilidade em calcar aos pés
> os mandamentos de Deus, livrai-nos!
> Da tentativa de ofuscar nos corações humanos
> a própria verdade de Deus, livrai-nos!
> Da perda da consciência do bem e do mal, livrai-nos!
> Dos pecados contra o Espírito Santo,
> livrai-nos, livrai-nos!

Estava assim incluída a Rússia na consagração e atendida a segunda parte do meu pedido no segredo de Fátima. A própria Irmã Lúcia reconheceu isso em uma carta de 8 de novembro de 1989: "Sim, está feito tal como Nossa Senhora pediu". Restava, porém, a terceira parte.

Apenas no ano 2000, na aurora do terceiro milênio, João Paulo II autorizou a publicação do texto do terceiro segredo, com a interpretação oficial da Igreja, devidamente aprovada pela Irmã Lúcia. Chegara a hora de revelar um dos mistérios mais bem guardados do século 20. O pequeno envelope com uma folha amarelada pelo tempo, escrito em 3 de janeiro de 1944 e continha pouco mais de sessenta linhas. Todos se perguntavam o que haveria de tão extraordinário que vários papas resolveram mantê-lo arquivado após terem lido?

Réplica da carta original de Ir. Lúcia no site do Vaticano.

A mensagem dizia literalmente o seguinte:

"Depois das duas partes que já expus, vimos ao lado esquerdo de Nossa Senhora um pouco mais alto um Anjo com uma espada de fôgo em a mão esquerda; ao centilar, despedia chamas que parecia iam encendiar o mundo; mas apagavam-se com o contacto do brilho que da mão direita expedia Nossa Senhora ao seu encontro: O Anjo apontando com a mão direita

para a terra, com voz forte disse: Penitência, Penitência, Penitência! E vimos n'uma luz emensa que é Deus: 'algo semelhante a como se vêem as pessoas n'um espelho quando lhe passam por diante' um Bispo vestido de Branco 'tivemos o pressentimento de que era o Santo Padre'. Vários outros Bispos, Sacerdotes, religiosos e religiosas subir uma escabrosa montanha, no cimo da qual estava uma grande Cruz de troncos toscos como se fôra de sobreiro com a casca; o Santo Padre, antes de chegar aí, atravessou uma grande cidade meia em ruínas, e meio trémulo com andar vacilante, acabrunhado de dôr e pena, ia orando pelas almas dos cadáveres que encontrava pelo caminho; chegado ao cimo do monte, prostrado de juelhos aos pés da grande Cruz foi morto por um grupo de soldados que lhe dispararam varios tiros e setas, e assim mesmo foram morrendo uns trás outros os Bispos, Sacerdotes, religiosos e religiosas e varias pessoas seculares, cavalheiros e senhoras de varias classes e posições. Sob os dois braços da Cruz estavam dois Anjos cada um com um regador de cristal em a mão, n'êles recolhiam o sangue dos Martires e com êle regavam as almas que se aproximavam de Deus."

No dia 27 de abril do ano 2000, o secretário da Congregação para a Doutrina da Fé, dom Tarcisio Bertone, foi enviado oficialmente pelo papa junto ao bispo de Leiria, dom Serafim de Sousa Ferreira e Silva, estiveram no Carmelo de Santa Teresa. Irmã Lúcia ficou muito feliz em rever sua carta de 1944 e confirmou que era mesmo a sua letra. Em seguida, ouviu calmamente a leitura do texto que interpretava o sentido profético da terceira parte do meu segredo. Ela confirmou que não se tratava de uma "previsão", mas de uma "profecia", como as da Sagrada Escritura. Não era uma determinação para o futuro, mas um alerta de conversão para o presente. Reafirmou que se tratava principalmente da "luta do comunismo ateu contra a Igreja e contra os cristãos no final do século 20". Em seguida, o cardeal perguntou se o personagem principal da cena descrita no terceiro segredo era mesmo o papa. Ela confirmou que essa era a convicção dos três pequenos pastores. Recordou que Jacinta sempre repetia: "Coitadinho do Santo Padre". Não sabia se seria Bento XV, Pio XII, Paulo VI ou João Paulo II... apenas estava convencida de que o "homem de branco" era mesmo o papa. Lúcia concordou também com a interpretação do próprio papa para o fato de ter sobrevivido ao atentado: "Foi a mão materna que guiou a trajetória da bala e o Santo Padre agonizante deteve-se no limiar da morte".

No dia 13 de maio daquele ano, na presença de Irmã Lúcia, prestes a completar 80 anos, João Paulo II beatificou meus queridos filhos, os pastorinhos Francisco e Jacinta diante da capelinha das minhas aparições e de uma multidão em prece, em Portugal. O mundo finalmente conheceria o terceiro segredo de Fátima. Mas permanecia uma dúvida. Se a mensagem dizia que o papa seria morto, por que João Paulo II não morreu?

Gostaria de contar como foi que o Espírito Santo inspirou o então prefeito da Congregação para a Doutrina da Fé, Joseph Ratzinger, futuro papa Bento XVI, a interpretar a profecia do meu terceiro segredo, a pedido do papa João Paulo II.

Ele explicou que a "revelação pública" de Deus teve seu ápice em Jesus de Nazaré e não é possível acrescentar uma palavra sequer a ela. Cabe à Igreja, ao longo dos séculos, discernir e explicitar essa Verdade Revelada, assistida pelo Espírito Santo. Para isso, podem ajudar as "revelações privadas" como as de Fátima. "É uma ajuda que é oferecida, ainda que não seja obrigatório fazer uso dela." Mas, como diz o apóstolo Paulo no escrito mais antigo do Novo Testamento, a Carta aos Tessalonicenses: "Não extingais o Espírito, não desprezeis as profecias. Examinai tudo e retende o que for bom". O carisma da profecia deve ser acolhido e cuidadosamente discernido. Não se trata de "previsão", mas de "profecia". A previsão pretende determinar o futuro com seus oráculos, a profecia ilumina o presente com seus sinais. A previsão cria medo, a profecia, esperança. A previsão cria temor, a profecia estimula o amor.

Ratzinger explicou, ainda, que: "Este ver interiormente não significa que se trate de fantasia, que seria apenas uma expressão da imaginação subjetiva. Significa, antes, que a alma recebe o toque suave de algo real, mas que está para além do sensível, tornando-a capaz de ver o não sensível, o não visível aos sentidos: uma visão através dos 'sentidos internos'". Portanto, tratava-se de algo "real", ainda que não exterior. Era uma "visão interior".

Mas como, então, discernir a "visão profética de Fátima"? O teólogo Ratzinger explicou: Irmã Lúcia teve a visão, mas não a interpretação. Esta, como ela sempre admitiu, estava reservada à Igreja. O centro da mensagem não é a anunciada morte do papa, mas o forte apelo à penitência. Cada uma das imagens pode ser interpretada adequadamente. "O caminho da Igreja é descrito como uma *Via Sacra*, como um caminho em um tempo de violência, destruições e perseguições." O século 20 foi um tempo de martírio, sofrimento e perseguição à Igreja. Um século de duas guerras mundiais. E por que o papa não morreu, como descrito na visão dos pastorinhos? Era a pergunta que todos repetiam, Ratzinger explicou: "O fato de ter havido lá uma 'mão materna' que desviou a bala mortífera demonstra uma vez mais que não existe um destino imutável, que a fé e a oração são forças que podem influir na história e que, em última análise, a oração é mais forte que as balas, a fé mais poderosa que os exércitos". Mas ele se lembrou de que a visão dos pastorinhos termina com uma imagem de esperança: o sangue dos mártires, unido ao de Cristo, é semente de um novo tempo. O sofrimento tem eficácia salvífica.

Concluindo a sua interpretação, aquele que seria o futuro papa Bento XVI recordou que a visão de Fátima não é mera fantasia que alimenta a curiosidade dos amantes de oráculos espetaculares. É um anúncio forte para a penitência e a conversão em vista da salvação. E o que significaria, então, a frase: "O meu Imaculado Coração triunfará"? Ele explicou que o "sim", palavra forte do meu coração que abriu as portas do mundo ao Salvador, foi definitivo. "Desde que Deus passou a ter um coração humano e desse modo orientou a liberdade do homem para o bem, para Deus, a liberdade para o mal deixou de ter a última palavra."

No dia 3 de fevereiro de 2005 minha querida filha, a Irmã Lúcia voltou definitivamente para a casa do Pai. Em 2 de abril do mesmo ano, o papa João Paulo II nasceu definitivamente para o céu. Os dois foram acolhidos em festa para sempre no meu colo de mãe.

***

Meu filho!

    Estes são alguns retalhos da minha história, que mostram que o amor de mãe jamais pode ser separado do amor dos filhos. Todo amor verdadeiro é terno e eterno!

    Gostaria de fazer para você alguns pedidos também. Ensine o povo a nunca me separar do Mistério de meu Filho e do seu corpo que é a Igreja. Esse é o meu desejo mais profundo, filho predileto. Sou a Mãe da Igreja, por isso gostaria de pedir que meus filhos vivessem na unidade. Esse foi o grande sonho do meu Filho: "Que todos sejam um". Também eu partilho desse grande sonho de paz. Peço que reconheçam meu Filho, Jesus, como único mediador. Minha mediação subordinada é sempre em comunhão com Ele. Continuo eterna cooperadora do Redentor. Ao cultivar ou celebrar minha memória, peço que se lembre de que sou apenas uma seta que aponta para além de mim mesma. Indico o único caminho verdadeiro para a vida que é Jesus. Não estacione em mim. Lembre-se: estou de braços abertos aguardando cada filho que chega ao céu após a jornada terrena. Meu colo de Mãe tem lugar para muitos filhos. Seremos eternamente felizes no seio da Santíssima Trindade e com o santos e anjos de Deus. Creia, ame e espere!

Eis aqui a serva do Senhor!
Sua mãe...
... simplesmente Maria!

Capítulo 30

DE VOLTA AO ENIGMA DA IMAGEM

Não sei quanto tempo fiquei nessa contemplação. Parecia um tempo longo e uma imensa história, mas não haviam passado mais do que alguns instantes. Olhei para aquele altar lateral da *Chiesa del Gesù* e continuava vazio. Sorri. A imagem da minha mãezinha não estava lá. Mas no altar do meu coração havia uma galeria repleta de ícones: Mãe de Deus, Virgem, Rainha do Céu, Nossa Senhora, Imaculada, Maria da Glória, Guadalupe, Aparecida, Lourdes, La Salette, Fátima... Tentei me convencer de que não faria falta o ícone externo da *Madonna della Strada*. Era hora de voltar para casa e retomar as atividades do dia a dia.

***

Voltei ao Brasil em julho de 2006 com a missão de concluir meus estudos de doutorado e a redação da tese, além de dar as costumeiras aulas de Teologia na Faculdade Dehoniana, em Taubaté, onde retomei a função de Diretor-Geral. Porém, antes da viagem, fui à *Chiesa del Gesù* para manifestar minha gratidão à *Madonna della Strada*. O altar permanecia vazio. Continuava em curso uma minuciosa obra de restauração que eu não entendia muito bem. Já em minha terra natal fiquei sabendo que a imagem havia sido restituída ao seu lugar no dia 8 de outubro daquele ano.

De volta a Roma para defender o doutorado a partir de março de 2007 levava no peito a saudade da padroeira dos caminhos e a curiosidade para saber qual teria sido o resultado da restauração. Agora já conhecia bem as avenidas romanas e o significado histórico daquele precioso patrimônio da humanidade que mistura milênios em cada metro quadrado. Cheguei à Praça Argentina no mesmo ônibus 916. Podia sentir na pele o significado do Fórum Romano, do Coliseu e o sangue dos mártires cristãos regava a minha fé. Olhava para a imagem dos irmãos Rômulo e Remo, alimentados pela loba, fundadores da cidade mais famosa do mundo. A inimizade daqueles irmãos de sangue contrastava com a fraternidade dos apóstolos Pedro e Paulo, irmãos no sangue de Jesus. Andava pensando nessas coisas e fazendo a leitura daquele berço da cristandade, quando cheguei à *Chiesa del Gesù*. Fui diretamente à capela da *Madonna della Strada*. Quando vi a imagem completamente "desfigurada", fiquei congelado por um assombro. Não era aquela que havia me encantado um ano antes. Desapareceram a coroa de ouro, os colares e os brincos de pedras preciosas. As cores não tinham o mesmo brilho. O trono permanecia o mesmo, mas agora a rainha era uma mulher completamente simples, uma mulher do povo.

Corri para a sacristia e encontrei o mesmo pacato sacristão em seus afazeres costumeiros. Ele percebeu minha aflição e olhou-me com bondade, quase com misericórdia. Respirei fundo e perguntei: "O Senhor me disse há um ano que a imagem da *Madonna della Strada* havia sido levada para ser 'restaurada'. Onde a colocaram? Aquela que está lá é uma réplica muito mal feita. O que aconteceu?".

Ele sorriu e me entregou um pôster com as duas imagens, antes e depois do restauro. E explicou: "Essa que está lá agora é a original. A que você viu antes era o fruto de quinhentos anos de pinturas de todo tipo que se sobrepuseram à imagem que Santo Inácio viu na capela que existia aqui e que saudava os peregrinos que vinham a Roma".

Fiquei incrédulo por um momento. Parecia não acreditar que seria possível uma restauração tão drástica. O sacristão gentilmente me convidou para sentar na capela da sacristia e disse: "Veja, padre, aquela imagem é muito preciosa para os jesuítas. O olhar de Nossa Senhora da Estrada inspirou Inácio e seus companheiros a se consagrarem como apóstolos do caminho. Era uma mulher simples e sóbria. Mas os anos se passaram e o afresco que ficava fora da Igreja foi transferido para dentro e, ao longo dos séculos, submetido a uma série de 'homenagens e melhorias' que acabaram por transformar a *Madonna* em uma rainha da terra, com coroa de ouro e colares de diamantes, esmeraldas e rubis. Os melhores especialistas do mundo, das Universidades Sapienza e Gregoriana, uniram-se para recuperar a imagem original e descobrir a data da primeira pintura. Na verdade, o original não era sobre uma tela, mas um afresco sobre a parede da Igreja. Posteriormente, foi aplicado sobre uma tela. Tudo isso tornou a obra de restauração extremamente complexa, demorada e delicada. Foram sendo retiradas diversas camadas de tinta aplicadas ao longo dos séculos. Aos poucos, foi ressurgindo a imagem original que teria encantado Santo Inácio de Loyola e inspirado os inícios da Companhia de Jesus. Foi possível datar essa imagem do final do século 18, portanto, antes da fundação dos jesuítas."

Agradeci ao gentil sacristão, e voltei à capela da *Madonna della Strada*. Aos poucos, a simplicidade da nova imagem foi me revelando que é exatamente isso que fazemos com as pessoas e até mesmo com a nossas devoções mais sinceras. Enfeitamos, adornamos, recriamos à nossa imagem e semelhança e acabamos transformando a simples serva de Nazaré em uma rainha poderosa, como as rainhas desta terra.

Se quisermos conhecer a verdadeira história da Virgem Maria deveremos fazer uma paciente obra de restauração, sem medo de retirar as camadas mais superficiais que o tempo colocou sobre a imagem original.

Olhei nos olhos do Menino-Deus no colo acolhedor de sua mãe e ele pareceu repetir o louvor do Sagrado Coração de Jesus: "Eu te louvo, Pai, Senhor do céu e da terra, porque escondestes as coisas mais importantes dos sábios e doutores e as revelastes aos simples".

Saí daquela igreja pronto para defender meu doutorado que, àquelas alturas, já não tinha tanta importância. O enigma da imagem restaurada me ensinou que no reino de Jesus, reinar é servir; Maria foi serva e, por isso, é Rainha.

Essa é a verdadeira história da Virgem Maria!

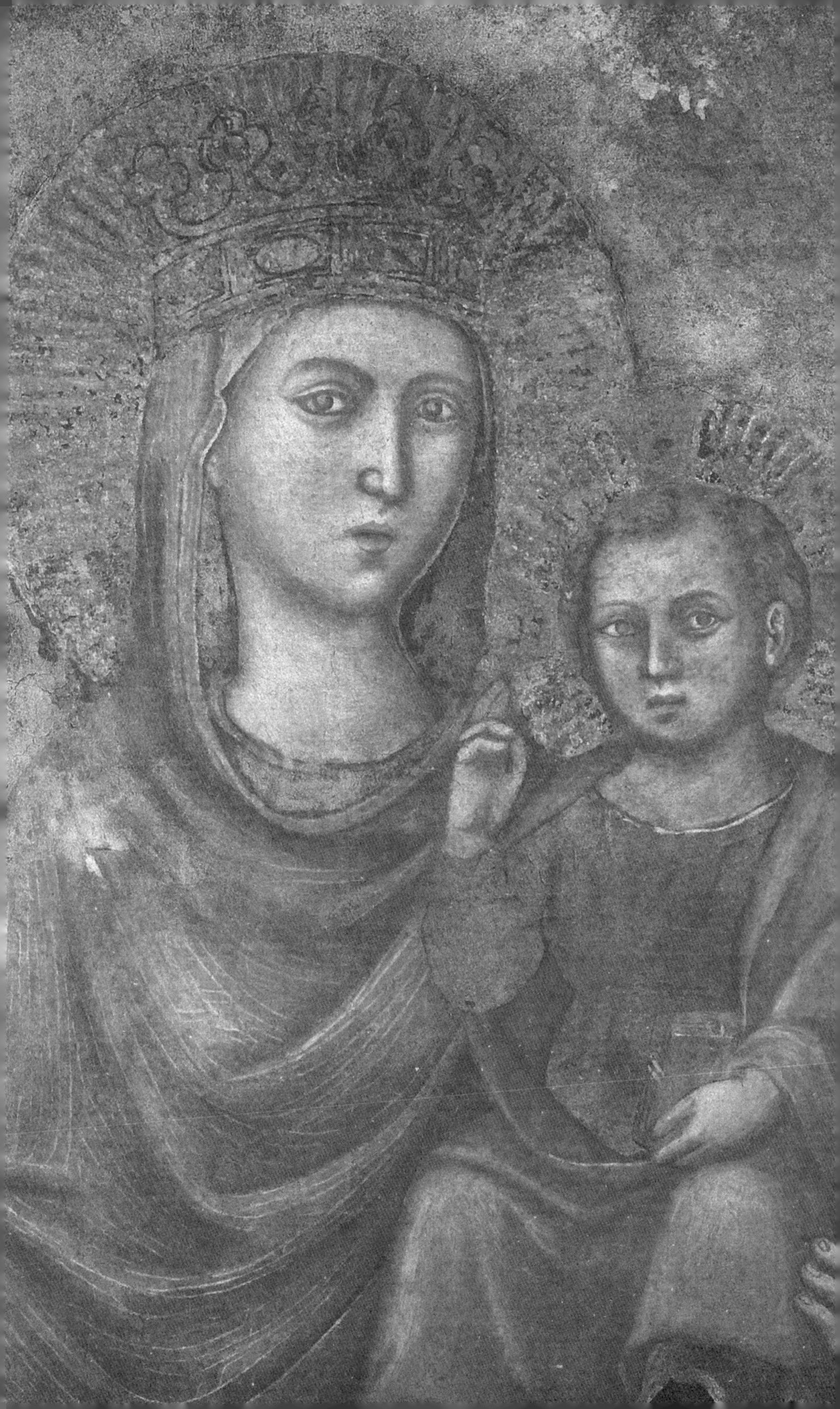

NOTÍCIA HISTÓRICA

Bento XVI surpreendeu os cardeais reunidos em Roma e o mundo inteiro com sua renúncia ao pontificado no dia 28 de fevereiro de 2013. Reconheceu que suas forças já não lhe permitiam exercer adequadamente a missão. No dia 13 de março do mesmo ano seria eleito o 266º papa da Igreja Católica. O primeiro a se chamar Francisco; o primeiro da América Latina; o primeiro não europeu em mil e duzentos anos; e o primeiro papa jesuíta da história. Logo em sua primeira aparição ele se apresentou como o bispo de Roma que preside os irmãos na caridade. Pediu orações por Bento XVI e, em seguida, inclinou-se para receber a oração do povo: "E agora quero dar a bênção, mas antes... antes, peço-vos um favor: antes de o Bispo abençoar o povo, peço-vos que rezeis ao Senhor para que me abençoe a mim; é a oração do povo, pedindo a bênção para o seu Bispo. Façamos em silêncio esta oração vossa por mim". O povo rezou em silêncio. Em seguida, ele deu a bênção e disse: "Boa noite, e bom descanso!".

Nove meses depois, em 24 de novembro, publicou a Exortação Apostólica *Evangelii Gaudium*, "A alegria do Evangelho", um verdadeiro programa de governo em que pedia uma Igreja de portas abertas, uma Igreja em saída:

"Prefiro uma Igreja acidentada, ferida e enlameada por ter saído pelas *estradas*, a uma Igreja enferma pelo fechamento e a comodidade de se agarrar às próprias seguranças. Não quero uma Igreja preocupada com ser o centro, e que acaba presa em um emaranhado de obsessões e procedimentos".

O papa jesuíta logo se mostrou fiel devoto de Maria "aquela que sabe transformar um curral de animais na casa de Jesus, com uns pobres paninhos e uma montanha de ternura. Ela é a serva humilde do Pai, que transborda de alegria no louvor. É a amiga sempre solícita para que não falte o vinho na nossa vida. É aquela que tem o coração transpassado pela espada, que compreende todas as penas. Como Mãe de todos, é sinal de esperança para os povos que sofrem as dores do parto até que germine a justiça. Ela é a missionária que se aproxima de nós, para nos acompanhar ao longo da vida, abrindo os corações à fé com o seu afeto materno. Como uma verdadeira mãe, caminha conosco, luta conosco e aproxima-nos incessantemente do amor de Deus. Através dos diferentes títulos marianos, geralmente ligados aos santuários, compartilha as vicissitudes de cada povo que recebeu o Evangelho e entra a formar parte da sua identidade histórica".

Mais que isso. Francisco reconhece que "há um estilo mariano na atividade evangelizadora da Igreja. Porque sempre que olhamos para Maria, voltamos a acreditar na força revolucionária da ternura e do afeto. Nela, vemos que a humildade e a ternura não são virtudes dos fracos, mas dos fortes, que não precisam maltratar os outros para se sentir importantes".

Definitivamente, a *Madonna della Strada* é a padroeira do papa jesuíta que quer uma Igreja de portas abertas, uma Igreja em saída, uma Igreja com o coração no céu, a mente aberta, as mãos na massa e os pés na estrada!

FONTES

Estas páginas são uma composição literária que procura contemplar e descrever a experiência espiritual de Maria, baseada em fontes históricas, bíblicas, Tradição, Magistério e nos estudos de mariólogos e mariólogas de referência.

As citações bíblicas são extraídas da *Bíblia Sagrada*, tradução dos originais grego, hebraico e aramaico mediante a versão dos Monges Beneditinos de Maredsous (Bélgica), São Paulo, Editora Ave Maria, 2018, 3ª edição.

Capítulo 1
AMA. *La Madonna della Strada:* Patrona dei Netturbini Romani – A cura di Roberto Logli. Roma: Ama, 2009.
ANCHIETA, José de. *O poema de Anchieta:* sobre a Virgem Maria Mãe de Deus. São Paulo: Paulinas, 1996.
CANTALAMESSA, Raniero. *Maria, um espelho para a Igreja*. Aparecida: Santuário, 1992.
CHIESA DEL GESÙ. Disponível em: https://www.chiesadelgesu.org. Acesso em: 24 dez. 2019.
FORTE, Bruno. *Maria, a mulher ícone do mistério*. São Paulo: Paulinas, 1991.

Capítulo 2
TRICCA, Maria Helena de Oliveira (Org.). *Apócrifos:* os proscritos da Bíblia. São Paulo: Mercúrio, 1992. vol. I-II.
Prólogo do Evangelho de João (Jo 1).

Capítulo 3

LAURENTIN, René. *Breve tratado de teologia mariana*. Petrópolis: Vozes, 1965.

TRICCA, Maria Helena de Oliveira. (Org.). *Apócrifos:* os proscritos da Bíblia. São Paulo: Mercúrio, 1992. vol. I-II.

Capítulo 4

APARÍCIO, Angel. *Maria del evangelio*. Madrid: Claretianas, 1994.

Evangelho de Mateus, capítulo 1, 18-25.

Evangelho de Lucas, capítulo 1, 26-38.

MURAD, Afonso. *Quem é esta mulher? – Maria na Bíblia*. São Paulo: Paulinas, 1996.

Capítulo 5

Evangelho de Lucas, capítulo 1, 5-26; 39-80.

Capítulo 6

Evangelho de Mateus, capítulo 1, 18-25.

Capítulo 7

Evangelho de Lucas, capítulo 2, 1-40.

Evangelho de Mateus, capítulo 2, 1-12.

Jeremias 31, 15.

Miqueias 5, 2.

Oseias 11, 1.

Capítulo 8

CONCÍLIO Vaticano II. Decreto *Apostolicam Actuositatem* sobre o apostolado dos leigos, n. 4.

BOFF, Clodovis. *O cotidiano de Maria de Nazaré*. 2. ed. São Paulo: Salesiana, 2009.

Capítulo 9
BOFF, Clodovis. *O cotidiano de Maria de Nazaré*. 2. ed. São Paulo: Salesiana, 2009.
Evangelho de Lucas, capítulo 2, 41-52.
Oseias 6, 6.

Capítulo 10
Evangelho de João, capítulo 1, 1-51.
Evangelho de Lucas, capítulo 3-4, 17.
Evangelho de Marcos, capítulo 1, 1-15.
Evangelho de Mateus, capítulo 3-4, 17.
Isaías, 61, 1s.

Capítulo 11
Evangelho de Mateus, capítulo 4, 18-11, 19.
Evangelho de Marcos, capítulo 1-3, 19.
Evangelho de Lucas, capítulo 4, 18-7, 50.
Evangelho de João, capítulo 2, 1-12.

Capítulo 12
Evangelho de Mateus, capítulo 11, 20-18, 35.
Evangelho de Marcos, capítulo 3, 20-9, 50.
Evangelho de Lucas, capítulo 8, 20-9, 62.
Evangelho de João, capítulo 3-6.

Capítulo 13
Evangelho de Mateus, capítulo 19-25.
Evangelho de Marcos, capítulo 10-13.
Evangelho de Lucas, capítulo 10-21.
Evangelho de João, capítulo 7-12.

Capítulo 14
Evangelho de Mateus, capítulo 26-27, 32.
Evangelho de Marcos, capítulo 14-15, 21.
Evangelho de Lucas, capítulo 22-23, 32.
Evangelho de João, capítulo 13-19, 16.

Capítulo 15
Evangelho de Mateus, capítulo 27, 33-66.
Evangelho de Marcos, capítulo 15, 22-47.
Evangelho de Lucas, capítulo 23, 33-56.
Evangelho de João, capítulo 19, 17-43.

Capítulo 16
Evangelho de Mateus, capítulo 28.
Evangelho de Marcos, capítulo 16.
Evangelho de Lucas, capítulo 24.
Evangelho de João, capítulo 20-21.

Capítulo 17
Atos dos Apóstolos, capítulo 1-2, 13.
RATZINGER, Joseph. *Maria Chiesa Nascente*. Milão: San Paolo, 1998.

Capítulo 18
ALMEIDA, João Carlos (Org.). *Uma leiga chamada Maria*. Aparecida: Santuário, 2019.
Atos dos Apóstolos, capítulo 2, 14-28, 30.
CANTALAMESSA, Raniero. *Maria:* um espelho para a Igreja. Aparecida: Santuário, 1992.

Capítulo 19
Carta aos Gálatas.

Carta aos Efésios.
1ª, 2ª e 3ª Cartas de João.
Apocalipse 2, 1-7; 12.

Capítulo 20

ADMA, J. A. *Maria em la patrística de los siglos I y II*. Madrid: La editorial Catolica, 1970. BAC 300.

BOFF, Lina. *Como tudo começou com Maria de Nazaré*. Rio de Janeiro: Letra Capital, 2016.

COYLE, Kathleen. *Maria na tradição cristã*. São Paulo: Paulus, 1999.

FIORES, Stefano de (Org.). *Dicionário de Mariologia*. São Paulo: Paulus, 1995.

KRIEGER, Murilo S. R. *Com Maria a Mãe de Jesus*. São Paulo: Paulinas, 2001.

MANELLI, Stefano Maria. *la Mariologia nella storia della Salvezza: síntese storico-teologica*. Frigento: Casa Mariana Editrice, 2014.

MURAD, Afonso. *Maria Toda de Deus e tão humana: compêndio de mariologia*. São Paulo: Santuário-Paulus, 2012.

PAPA PIO XII. *Carta Encíclica* Ad Caeli Reginam, 11 out. 1954. Disponível em: http://www.vatican.va/content/pius-xii/pt/encyclicals/documents/hf_p-xii_enc_11101954_ad-caeli-reginam.html. Acesso: 26 jan. 2020.

PAREDES, José Cristo Rey García. *Mariologia:* síntese bíblica, histórica e sistemática. São Paulo: Ave Maria, 2011.

Capítulo 21

ALMEIDA, João Carlos. *25 Maneiras de rezar o Rosário*. 24. ed. São Paulo: Loyola, 2005.

_____. *Aprenda a rezar com Maria*. 2. ed. São Paulo: Loyola, 2009.

_____. *Ladainha de Nossa Senhora:* o sentido de cada invocação. São Paulo: Ave Maria, 2010.

_____. *O Terço dos Amigos.* 2. ed. São Paulo: Loyola, 2003.

MAGGIONI, Carrado. *Maria na Igreja em oração.* São Paulo: Paulus, 1998.

MONTFORT, São Luís Maria Grignion de. *O segredo de Maria.* Aparecida: Santuário, 2018.

_____. *Tratado da verdadeira devoção à Santíssima Virgem.* João Monlevade: Edições Monfortinas, 2001.

PAULO VI. *Marialis Cultus.* In: O culto da virgem Maria. São Paulo: Loyola, 1974.

Capítulo 22

Relato *Nican Mopohua,* escrito em língua náhuatl nos meados do séc. 16 e atribuído ao indígena Antônio Valeriano, contemporâneo dos fatos.

BOFF, Clodovis. *Mariologia social:* o significado da Virgem para a sociedade. São Paulo: Paulus, 2006.

Capítulo 23

A12. *História de Nossa Senhora de Aparecida.* Disponível em: https://www.a12.com/santuario/historia-de-nossa-senhora-aparecida. Acesso em: 4 jan. 2020.

BRUSTOLONI, Júlio J. *História de Nossa Senhora Aparecida:* sua Imagem e seu santuário. 3. ed. Aparecida: Santuário, 1998.

Capítulo 24

CRAPEZ, Edmond. *Blessed Catherine Labouré, Daughter of Charity of St. Vincent de Paul.* Emmitsburg: St. Joseph's Provicial House, 1933.

Capítulo 25

BLOY, Léon. *Aquela que chora e outros textos sobre Nossa Senhora da Salette*. Tradução de Roberto Mallet. Campinas: Ecclesiae, 2016.

DEHON, João Leão. *Diretório espiritual*. Taubaté: Editora SCJ, 2019. p. 59-60.

SANTUÁRIO SALETTE (SÃO PAULO). *A aparição*: história da aparição de Nossa Senhora da Salette. Disponível em: http://www.nsrasalette.org.br/aparicao. Acesso em: 5 jan. 2020.

Capítulo 26

CONCÍLIO VATICANO II. *Constituição Dogmática Lumen Gentium sobre a Igreja*, Capítulo VIII: A Bem-aventurada Virgem Maria Mãe de Deus no mistério de Cristo e da Igreja.

O dogma da Imaculada Conceição foi promulgado no dia 8 de dezembro de 1854 pela Bula *Ineffabilis Deus*, de Pio IX: "Nós declaramos, decretamos e definimos que a doutrina segundo a qual, por uma graça e um especial privilégio de Deus Todo-Poderoso e em virtude dos méritos de Jesus Cristo, Salvador do gênero humano, a bem-aventurada Virgem Maria foi preservada de toda a mancha do pecado original no primeiro instante de sua conceição, foi revelada por Deus e deve, por conseguinte, ser crida firmemente e constantemente por todos os fiéis".

O dogma da Assunção foi promulgado no dia 1º de novembro de 1950 pelo papa Pio XII, por meio da Bula *Munificentissimus Deus*.

FIORES, Stefano de. Teologia da Imaculada Conceição. In: *Dicionário de Mariologia*. São Paulo: Paulus, 1995. p. 610-616.

MURAD, Afonso. *Maria, toda de Deus e tão humana* – Compêndio de Mariologia. São Paulo: Paulinas e Santuário, 2012.

PAREDES, José Cristo Rey García. *Mariologia:* síntese bíblica, histórica e sistemática. São Paulo: Ave Maria, 2013.

SANTOS, RENAN. *A defesa da Imaculada Conceição* – por Duns Scotus, 2011. Disponível em: https://www.youtube.com/watch?v=H68RYLTY3ag. Acesso em: 6 jan. 2020.

TEMPORELLI, Clara. *Maria, mulher de Deus e dos pobres: releitura dos dogmas marianos*. São Paulo: Paulus, 2010. p. 174-176.

Capítulo 27

LAURENTIN, René. *Bernadete:* a Santa de Lourdes. São Paulo: Paulinas, 1994.

_____. *Lourdes:* relato auténtico de las apariciones. Pro-manuscripto, 1965.

Capítulo 28

CONFERÊNCIA NACIONAL DOS BISPOS DO BRASIL (CNBB). *Aparições e revelações particulares*. Brasília: Edições CNBB, 2009.

CONGREGAÇÃO PARA A DOUTRINA DA FÉ. *A mensagem de Fátima*. Disponível em: http://www.vatican.va/roman_curia/congregations/cfaith/documents/rc_con_cfaith_doc_20000626_message-fatima_po.html. Acesso em: 6 jan. 2020.

MEMÓRIAS da Irmã Lúcia. 14. ed. Fátima: Secretariado dos Pastorinhos, 2010.

MURAD, Afonso. *Visões e aparições, Deus continua falando?* Petrópolis: Vozes, 1997.

SANTUÁRIO DE FÁTIMA. *Narrativa das aparições de Fátima*. Disponível em: https://www.fatima.pt/pt/pages/narrativa-das-aparicoes. Acesso em: 6 jan. 2020.

WALSH, William Thomas. *Nossa Senhora de Fátima*. São Paulo: Quadrante, 1996.

Capítulo 29

CONGREGAÇÃO PARA A DOUTRINA DA FÉ. *A mensagem de Fátima*. Disponível em: http://www.vatican.va/roman_curia/congregations/cfaith/documents/rc_con_cfaith_doc_20000626_message-fatima_po.html. Acesso em: 6 jan. 2020.

PAPA JOÃO PAULO II. *Meditação com os Bispos Italianos, a partir da Policlínica Gemelli*, 13 maio 1994. In: *Insegnamenti di Giovanni Paolo II, XVII-1* (Città del Vaticano 1994), 1061.

_____. *Memória e Identidade*. Londres: Weidenfeld & Nicolson, 2005. p. 18.

Capítulo 30

AMA. *La Madonna della Strada:* Patrona dei Netturbini Romani – A cura di Roberto Logli. Roma: Ama, 2009.

PAPA FRANCISCO. Exortação Apostólica *Evangelii Gaudium*, 24 nov. 2013.

SEEWALD, Peter. *Bento XVI:* O último testamento; em suas próprias palavras. São Paulo: Planeta, 2017.

20 PRECES MARIANAS

01 AVE-MARIA. Ave, Maria, cheia de graça, o Senhor é convosco, bendita sois vós entre as mulheres e bendito é o fruto do vosso ventre, Jesus. Santa Maria, Mãe de Deus, rogai por nós pecadores, agora e na hora da nossa morte. Amém (Inspirada no Evangelho de Lucas 1, 26-38).

02 *MAGNIFICAT*. A minha alma engrandece o Senhor e se alegrou o meu espírito em Deus, meu Salvador, pois ele viu a pequenez de sua serva. Desde agora as gerações hão de chamar-me de bendita, o Poderoso fez em mim maravilhas e santo é seu nome! Seu amor, de geração em geração, chega a todos os que o respeitam. Demonstrou o poder de seu braço, dispersou os orgulhosos. Derrubou os poderosos de seus tronos e os humildes exaltou. De bens, saciou os famintos e despediu sem nada os ricos. Acolheu Israel, seu servidor, fiel ao seu amor, lembrando-se de sua misericórdia, como havia prometido a nossos pais, em favor de Abraão e de seus filhos para sempre (Evangelho de Lucas 1, 47-56).

03 *SUB TUUM PRAESIDIUM*. À Vossa proteção recorremos, Santa Mãe de Deus. Não desprezeis as nossas súplicas em nossas necessidades, mas livrai-nos sempre de todos os perigos, ó Virgem gloriosa e bendita! Amém (Encontrada em um papiro egípcio do séc. 3).

04 SALVE, RAINHA, Mãe de misericórdia, vida, doçura e esperança nossa, salve! A vós bradamos, os degredados filhos de Eva; a vós suspiramos, gemendo e chorando neste vale de lágrimas. Eia, pois advogada nossa, esses vossos olhos misericordiosos a nós volvei; e depois deste desterro mostrai-nos Jesus, bendito fruto do vosso ventre, ó clemente, ó piedosa, ó doce sempre Virgem Maria. Amém (Beato Hermann Contract † 1054).

05 Consagração 1. Ó Senhora minha! Ó minha Mãe! Eu me ofereço todo a vós! E, em prova da minha devoção para convosco, eu vos consagro, neste dia, meus olhos, meus ouvidos, minha boca, meu coração e inteiramente todo o meu ser! E porque assim sou vosso, ó incomparável Mãe, guardai-me e defendei-me como bem de propriedade vossa. Amém (Antiga prece cristã).

06 Consagração 2. Nós te escolhemos hoje, ó Maria, em presença de toda corte celestial, por nossa Mãe e Rainha. Nós te entregamos e consagramos, com toda submissão e amor, os nossos corpos e nossas almas, os nossos bens interiores e exteriores, e ainda o valor das nossas boas ações passadas, presentes e futuras. Deixamos-te o inteiro e pleno direito de dispor de nós, e de tudo o que nos pertence, sem exceção de coisa alguma, segundo a tua vontade, para a maior glória de Deus, no tempo e na eternidade. Amém (São Luís Maria Grignion de Monfort † 1716).

07 Lembrai-vos, ó puríssima Virgem Maria, de que nunca se ouviu dizer que algum daqueles que tivessem recorrido à vossa proteção, implorado o vosso auxílio e reclamado o vosso socorro, fosse por vós desamparado. Animado, pois, com igual confiança, a vós, Virgem entre todas singular, como

Mãe, recorro; de vós me valho, e gemendo sob o peso dos meus pecados, prostro-me aos vossos pés. Não desprezeis as minhas súplicas, ó Mãe do Filho de Deus encarnado, mas dignai-vos atender aos meus pedidos e alcançar-me o que vos rogo. Amém (Atribuída a São Bernardo de Claraval † 1153).

08 *ANGELUS*. O Anjo do Senhor anunciou a Maria. E Ela concebeu do Espírito Santo (Ave, Maria...). Eis aqui a serva do Senhor. Faça-se em mim segundo a vossa Palavra (Ave, Maria...). E o Verbo se fez carne. E habitou entre nós (Ave, Maria...). Rogai por nós, Santa Mãe de Deus. Para que sejamos dignos das promessas de Cristo. Oremos: Infundi, Senhor, em nossas almas a Vossa graça, para que nós, que conhecemos, pela Anunciação do Anjo, a Encarnação de Jesus Cristo, Vosso Filho, cheguemos, por sua Paixão e cruz, à glória da Ressurreição. Pelo mesmo Jesus Cristo Nosso Senhor. Amém (Devoção cristã do séc. 12 vinculada ao soar dos sinos às 6, 12 e 18 horas).

09 *REGINA COELI*. Rainha do Céu, alegrai-Vos, aleluia. Porque Aquele que merecestes trazer em vosso seio, aleluia. Ressuscitou como disse, aleluia. Rogai a Deus por nós, aleluia. Exultai e alegrai-vos, ó Virgem Maria, aleluia. Porque o Senhor ressuscitou verdadeiramente, aleluia. Oremos: Ó Deus, que Vos dignastes alegrar o mundo com a Ressurreição do Vosso Filho, Nosso Senhor Jesus Cristo, fazei, por intercessão da Virgem Maria, sua Mãe Santíssima, que sejamos admitidos nas alegrias da vida eterna. Pelo mesmo Jesus Cristo Senhor Nosso. Amém. (Prece do ano 590, em Roma, atribuída ao Papa São Gregório Magno, que a teria ouvido cantada pelos anjos e que teria aplacado uma pandemia. É cantada no lugar do *Angelus*, durante o Tempo Pascal).

10 OREMOS. Deus de misericórdia infinita, concedei-nos, pela intercessão da Virgem Santa Maria, Mãe de misericórdia, que, sentindo os efeitos da vossa bondade na terra, mereçamos contemplar a vossa glória no Céu. Por Nosso Senhor Jesus Cristo, vosso Filho, que é Deus convosco, na unidade do Espírito Santo. Amém (Prece do Missal Romano).

11 ANTÍFONA. Ave, Rainha do céu; ave, dos anjos Senhora; ave, raiz, ave, porta; da luz do mundo és aurora. Exulta, ó Virgem tão bela, as outras seguem-te após; nós te saudamos: adeus! E pede a Cristo por nós! Virgem Mãe, ó Maria! Amém (Liturgia das Horas, séc. 13).

12 LADAINHA DE NOSSA SENHORA. Senhor, tende piedade de nós. Cristo, tende piedade de nós. Senhor, tende piedade de nós. Cristo, ouvi-nos. Cristo, atendei-nos. Deus Pai do céu, tende piedade de nós. Deus Filho Redentor do mundo, tende piedade de nós. Deus Espírito Santo, tende piedade de nós. Santíssima Trindade, que sois um só Deus, tende piedade de nós. Santa Maria, rogai por nós. Santa Mãe de Deus... Santa Virgem das virgens... Mãe de Cristo... Mãe da Igreja... Mãe da divina graça... Mãe puríssima... Mãe castíssima... Mãe sempre virgem... Mãe imaculada... Mãe digna de amor... Mãe admirável... Mãe do bom conselho... Mãe do Criador... Mãe do Salvador... Virgem prudentíssima... Virgem venerável... Virgem louvável... Virgem poderosa... Virgem clemente... Virgem fiel... Espelho de perfeição... Sede da Sabedoria... Fonte de nossa alegria... Vaso espiritual... Tabernáculo da eterna glória... Moradia consagrada a Deus... Rosa mística... Torre de Davi... Torre de marfim... Casa de ouro... Arca da aliança... Porta do céu... Estrela da manhã...

Saúde dos enfermos... Refúgio dos pecadores... Consoladora dos aflitos... Auxílio dos cristãos... Rainha dos Anjos... Rainha dos Patriarcas... Rainha dos Profetas... Rainha dos Apóstolos... Rainha dos Mártires... Rainha dos confessores da fé... Rainha das Virgens... Rainha de todos os Santos... Rainha concebida sem pecado original... Rainha assunta ao céu... Rainha do santo Rosário... Rainha da paz. Cordeiro de Deus, que tirais os pecados do mundo, perdoai-nos, Senhor. Cordeiro de Deus, que tirais os pecados do mundo, ouvi-nos, Senhor. Cordeiro de Deus, que tirais os pecados do mundo, tende piedade de nós. Rogai por nós, santa Mãe de Deus. Para que sejamos dignos das promessas de Cristo. Amém. (Popularizada a partir do Santuário de Loreto, na Itália, em 1531, mas surgiu antes e se desenvolveu depois dessa data. Por isso é conhecida como Ladainha Lauretana).

13 ROSÁRIO (TERÇO). *Mistérios Gozosos.* 1º Anúncio do Anjo a Maria (1 Pai-nosso, 10 Ave-Marias, Glória ao Pai). 2º Visitação de Maria a sua prima Santa Isabel. 3º O nascimento de Jesus em Belém. 4º Apresentação do Menino Jesus no Templo e a Purificação de Nossa Senhora. 5ª Perda e o encontro do Menino Jesus. *Mistérios Luminosos.* 1º O Batismo de Jesus (1 Pai-nosso, 10 Ave-Marias, Glória ao Pai). 2º As Bodas de Caná. 3º O anúncio do Reino de Deus. 4º A transfiguração de Jesus. 5º A instituição da Eucaristia. *Mistérios Dolorosos.* 1º Agonia de Jesus no Horto das Oliveiras (1 Pai-nosso, 10 Ave-Marias, Glória ao Pai). 2º A flagelação de Nosso Senhor Jesus Cristo. 3º A coroação de espinhos. 4º Jesus a caminho do Calvário. 5º Crucificação e morte de Nosso Senhor Jesus Cristo. *Mistérios Gloriosos.* 1º A ressurreição de Jesus Cristo (1 Pai-nosso, 10 Ave-Marias,

Glória ao Pai). 2º A ascensão de Jesus aos céus. 3º A vinda do Espírito Santo em Pentecostes. 4º A assunção de Nossa Senhora aos céus. 5º A coroação de Maria como Rainha do Céu e da Terra. Salve Rainha... (Devoção surgida por volta do ano 800 e organizada na forma atual por São Domingos de Gusmão † 1221).

14 Preces antigas 1. Ó Imaculada e inteiramente pura Virgem Maria, Mãe de Deus, Rainha do mundo, esperança dos que estão em desespero, tu que és a alegria dos santos, tu que és a mediadora entre Deus e os pecadores, tu és a defensora do abandonado, o refúgio seguro dos que estão no mar do mundo, tu que és o consolo do mundo, o resgate dos escravizados, o conforto dos aflitos. Ó grande rainha, nós nos refugiamos em tua proteção. Depois de Deus, tu és toda nossa esperança. Nós levaremos o nome de seus servos. Não permita que o inimigo nos arraste para o inferno. Eu vos saúdo, ó grande mediadora da paz entre os homens e Deus. Mãe de Jesus, nosso Senhor, que é o amor de todos os homens e de Deus, a qual seja honra e bênção com o Pai e o Espírito Santo. Amém (Santo Efrém, o Sírio † 373).

15 Preces antigas 2. Ó admirável e protetora dos cristãos e nossa medianeira do Criador, não desprezes as súplicas de nenhum de nós, pecadores, mas apressa-te em auxiliar-nos como Mãe bondosa que és, pois te invocamos com fé: roga por nós, junto de Deus, tu que defendes sempre aqueles que te veneram. Ó cheia de graça, em ti rejubila-se toda a criação! A assembleia dos anjos e o gênero humano te glorificam, ó templo santificado, paraíso espiritual e glória das virgens, na qual Deus se encarnou e da qual tornou-se Filho

Aquele que é nosso Deus antes dos séculos. Porque fez de teu seio um trono e as tuas entranhas, mais vastas que os céus. Ó cheia de graça, em ti rejubila-se toda a criação e te glorifica! Amém (São João Crisóstomo † 407).

16 Preces antigas 3. Ave, por ti a alegria resplandece; Ave, por ti a dor se apaga. Ave, levantas o Adão decaído; Ave, resgate do pranto de Eva. Ave, mistério que excede a mente humana; Ave, insondável abismo aos olhos dos anjos. Ave, em ti foi erguido o trono do Rei; Ave, tu levas Aquele que tudo sustenta. Ave, ó estrela que o sol anuncia; Ave, ó ventre do Deus encarnado. Ave, por ti a criação se renova; Ave, por ti o Criador se faz menino. Ave, Virgem e Esposa! (Trecho do Hino Akáthistos, séc. 5-6).

17 Poema. Cantar ou calar? Mãe Santíssima de Jesus, os teus louvores hei de os cantar ou hei de os calar? A mente alvoroçada sente-se impelida pelo aguilhão do amor a oferecer à sua rainha uns versos. Como ousará mundana língua enaltecer a que encerrou no seio o Onipotente? (Trecho do *Poema da Virgem*, São José de Anchieta † 1597 – O poema inteiro conta com 5.787 versos).

18 São João Paulo II. Ó, Coração Imaculado! Ajudai-nos a vencer a ameaça do mal que tão facilmente se enraíza nos corações dos homens de hoje e que, nos seus efeitos incomensuráveis, pesa já sobre a nossa época e parece fechar os caminhos do futuro! Da fome e da guerra, livrai-nos! Da guerra nuclear, de uma autodestruição incalculável e de toda espécie de guerra, livrai-nos! Dos pecados contra a vida do homem desde os seus primeiros instantes, livrai-nos! Do ódio e do aviltamento da dignidade dos filhos de Deus, livrai-nos! De todo o género de injustiça na vida social, nacional e internacional, livrai-nos! Da facilidade em calcar aos pés os mandamentos de Deus, livrai-nos! Dos pecados contra o Espírito Santo, livrai-nos, livrai-nos! Acolhei, ó Mãe de Cristo, este clamor carregado do sofrimento de todos os homens! Carregado do sofrimento de sociedades inteiras! Que se revele, uma vez mais, na história do mundo, a força infinita do Amor misericordioso! Que ele detenha o mal! Que ele transforme as consciências! Que se manifeste para todos, no Vosso Coração Imaculado, a luz da Esperança! Amém (Papa João Paulo II † 2005).

19 Papa Francisco. Virgem e Mãe Maria, vós que, movida pelo Espírito, acolhestes o Verbo da vida na profundidade da vossa fé humilde, totalmente entregue ao Eterno, ajudai-nos a dizer o nosso "sim" perante a urgência, mais imperiosa do que nunca, de fazer ressoar a Boa-Nova de Jesus. Vós, cheia da presença de Cristo, levastes a alegria a João o Batista, fazendo-o exultar no seio de sua mãe. Vós, estremecendo de alegria, cantastes as maravilhas do Senhor. Vós, que permanecestes firme diante da Cruz com uma fé inabalável, e recebestes a jubilosa consolação da ressurreição, reunistes os discípulos à espera do Espírito para que nascesse a Igreja evangelizadora. Alcançai-nos agora um novo ardor de ressuscitados para levar a todos o Evangelho da vida que vence a morte. Dai-nos a santa ousadia de buscar novos caminhos para que chegue a todos o dom da beleza que não se apaga. Vós, Virgem da escuta e da contemplação, Mãe do amor, esposa das núpcias eternas intercedei pela Igreja, da qual sois o ícone puríssimo, para que ela nunca se feche nem se detenha na sua paixão por instaurar o Reino. Estrela da nova evangelização, ajudai-nos a refulgir com o testemunho da comunhão, do serviço, da fé ardente e generosa, da justiça e do amor aos pobres, para que a alegria do Evangelho chegue até aos confins da terra e nenhuma periferia fique privada da sua luz. Mãe do Evangelho vivente, manancial de alegria para os pequeninos, rogai por nós. Amém. Aleluia! (Papa Francisco – *Evangelii Gaudium* nº 288).

20 PRECE NA **P**ANDEMIA**.** Ó Maria, vós sempre brilhais em nosso caminho como um sinal de salvação e esperança. Confiamos em vós, saúde dos enfermos, que junto da cruz fostes associada à dor de Jesus, mantendo firme a vossa fé. Vós, "Salvação do Povo Romano", sabeis do que precisamos e temos a certeza de que providenciareis para que, como em Caná da Galileia, voltem a alegria e a festa depois desta provação. Ajudai-nos, Mãe do Divino Amor, a conformar-nos com a vontade do Pai e a fazer o que Jesus nos disser, o qual assumiu sobre si o nosso sofrimento e carregou as nossas dores para nos guiar através da cruz, rumo à alegria da ressurreição. Amém! (Proposta pelo Papa Francisco em 2020). *À Vossa proteção recorremos, Santa Mãe de Deus. Não desprezeis as nossas súplicas em nossas necessidades, mas livrai-nos sempre de todos os perigos, ó Virgem gloriosa e bendita! Amém.* (Mais antiga prece mariana que se conhece, encontrada em um papiro egípcio que remonta ao séc. 3)

ANOTE AQUI SUA PRECE OU DEVOÇÃO MARIANA

Acreditamos
nos livros

Este livro foi composto em Adobe Garamond e
Bliss Pro e impresso pela Gráfica Santa Marta para
a Editora Planeta do Brasil em maio de 2020.